Un marido bueno, un buen marido

Alexander McCall Smith nació en Zimbaue y estudió tanto allí como en Escocia. Durante muchos años fue profesor en la Universidad de Edimburgo, y como tal regresó a África para trabajar en Botsuana y en Suazilandia. En 2005 abandonó su carrera académica para dedicarse a escribir. Ha publicado más de sesenta libros, traducidos a más de cuarenta y dos idiomas, entre los que destaca la serie de «La Primera Agencia de Mujeres Detectives», en la que su protagonista, Mma Ramotswe, resuelve divertidos casos para delicia de millones de lectores en todo el mundo. Sus aventuras también se disfrutan en la pequeña pantalla gracias a la lujosa serie de HBO. McCall Smith vive en Edimburgo, donde toca en una orquesta *amateur* que fundó junto con su esposa.

Alexander McCall Smith

Un marido bueno, un buen marido

Traducción de Luis Murillo Fort

punto de lectura

Título original: *The Good Husband of Zebra Drive*
© 2007, Alexander McCall Smith
© Traducción: Luis Murillo Fort
© De esta edición:
2012, Santillana Ediciones Generales, S.L.
Torrelaguna, 60. 28043 Madrid (España)
Teléfono 91 744 90 60
www.puntodelectura.com

ISBN: 978-84-663-2595-0
Depósito legal: M-12.203-2012
Impreso en España – Printed in Spain

© Ilustración de cubierta: Hannah Firmin
© Adaptación de cubierta: Romi Sanmartí

Primera edición: mayo 2012

Impreso por **blackprint**
A CPI COMPANY

*Este libro es para
Tom y Sheila Tlou*

Una persona muy grosera

Resulta útil, o así opina mucha gente, que la esposa se despierte antes que el marido. Mma Ramotswe siempre se levantaba de la cama una hora antes que el señor J.L.B. Matekoni, una buena medida a adoptar por parte de la esposa, pues eso le da tiempo a realizar algunas de las tareas del día. Pero también es conveniente para aquellas mujeres cuyos esposos suelen mostrarse irritables de buena mañana, y está demostrado que hay muchos hombres así (demasiados, en realidad). Si la esposa del hombre irritable se levanta primero, el marido podrá dar rienda suelta a su mal humor él solito. Y no es que el señor J.L.B. Matekoni fuera de ésos, ni mucho menos; era un hombre afable y de muy buen talante y casi nunca alzaba la voz, sólo cuando tenía que vérselas con los incorregibles aprendices del taller Speedy Motors en Tlokweng Road. Por muy sosegado que uno pudiera ser, cualquiera habría tenido ganas de gritarles a aquel par de jovenzuelos irresponsables. Prueba de ello era Mma Makutsi, que no se privaba de arremeter contra los aprendices por cualquier tontería, incluso si uno de ellos le preguntaba simplemente la hora.

—No tiene por qué chillarme de esa manera —se quejó un día Charlie, el mayor de los dos—. Sólo le preguntaba qué hora era. Nada más. Y usted va y grita «¡Son las cuatro!», como si yo fuera sordo.

Mma Makutsi era dura de pelar:

—Porque te veo venir. Cuando preguntas la hora es que ya te has hartado de trabajar. Quieres que diga que son las cinco, ¿no es cierto? Así lo dejarías todo y saldrías corriendo a ver a alguna chica, ¿eh? No pongas cara de ofendido. Conozco tus andanzas.

Mma Ramotswe pensó en ello mientras se levantaba de la cama y se desperezaba a placer. Al mirar atrás, vio la forma inmóvil de su marido bajo las mantas; tenía la cabeza medio tapada por la almohada, que era como le gustaba dormir, se diría que para aislarse del mundo y de sus ruidos. Mma Ramotswe sonrió. El señor J.L.B. Matekoni era propenso a hablar en sueños, no con frases enteras (como aquella prima de ella, recordó ahora) sino con palabras y expresiones extrañas, pequeñas pistas de lo que estaba soñando en cada momento. Justo después de despertarse y mientras permanecía tumbada viendo cómo se hacía de día tras las cortinas, él había mencionado algo sobre tambores de freno. Vaya, pensó Mma Ramotswe, sueños de mecánico donde salen frenos, embragues y bujías. Por regla general, una esposa confiaba en que su marido soñaría con ella, pero no era así. Los hombres, al parecer, soñaban con coches.

Mma Ramotswe tiritó. Algunos creían que en Botsuana siempre hacía calor, pero eso era porque nunca habían pasado un invierno aquí; eran meses en que el sol parecía estar ocupado en otra parte y sólo lucía débilmente en esta parte de África. Se acercaba ya el final del invierno y había indicios de que volvía el calor, pero las mañanas y las noches todavía eran muy frías a veces, como ocurría hoy. Grandes nubes invisibles de aire frío venían del sudeste, de los lejanos montes Drakensberg y del océano más al sur; era un aire que parecía deleitarse en barrer los grandes espacios abiertos de Botsuana, aire frío bajo un sol alto.

Ya en la cocina, con una manta arrollada a su cintura, Mma Ramotswe puso Radio Botsuana justo cuando sonaban los primeros compases del himno nacional y la grabación de cencerros con que la emisora comenzaba el día. Esto era una constante en su vida, algo que recordaba de la niñez, escuchar la radio desde su estera de dormir mientras la mujer que cuidaba de ella encendía el fuego y preparaba el desayuno para Precious y su padre, Obed Ramotswe. Guardaba con mucho cariño ese recuerdo de infancia, pues era la imagen que tenía de Mochudi tal como estaba entonces, la vista de la escuela en lo alto de la colina; los senderos que recorrían caprichosamente la sabana y cuyo destino sólo conocían los pequeños animales que los transitaban. Eran cosas que jamás se le iban a olvidar, pensaba ella, que siempre estarían allí por más bullicio y animación que pudiera haber en Gaborone. Era el alma de su país; en alguna parte de aquella región de tierra rojiza, de acacias verdes y de cencerros, estaba el alma de Botsuana.

Puso agua a hervir sobre un fogón y miró por la ventana. A mediados del invierno, a las siete apenas si era de día; ahora, en las postrimerías de la estación, aunque todavía quedaban mañanas gélidas como la de hoy, la claridad era mayor. El cielo se había iluminado por el este y los primeros rayos del sol empezaban a tocar las copas de los árboles del jardín. Un pequeño pájaro sol —Mma Ramotswe estaba convencida de que era el mismo de siempre—

se lanzó desde una rama del mopipi que había junto a la cancela y se posó en el tallo de un áloe ya florido. Una lagartija, anquilosada por el frío, trepaba con esfuerzo por una piedra en busca del calor que le diera energías para comenzar la jornada. «Igual que nosotros», pensó.

Cuando el agua rompió a hervir, Mma Ramotswe se preparó una tetera de rooibos y salió al jardín tazón en mano. Aspiró el aire frío y, al expulsarlo, su aliento flotó brevemente en el aire formando una nubecilla blanca que desapareció en seguida. El aire olía ligeramente a humo de leña, alguien estaría encendiendo la lumbre, tal vez el viejo vigilante de las oficinas gubernamentales cercanas. El hombre tenía un brasero, rescoldos y poco más, pero lo suficiente para calentarse las manos por la noche. Mma Ramotswe hablaba a veces con él cuando pasaba por delante de su casa al terminar su ronda. Sabía que el vigilante vivía en una casucha de Old Naledi, y se lo imaginaba durmiendo durante el día bajo una recalentada techumbre de chapa. Con el trabajo de vigilante se ganaba muy poco, de modo que ella le daba a veces un billete de veinte pulas para ayudarle. Pero, en cualquier caso, era un empleo y el hombre tenía donde echarse a dormir, lo cual ya era más de lo que algunas personas podían decir.

Rodeó la casa para ir a echar un vistazo al parterre donde el señor J.L.B. Matekoni plantaría sus judías dentro de unos meses. Le había visto trabajar en el huerto los últimos días, formando caballones allí donde pensaba plantar y construyendo un armazón de varas y cordel para que treparan los tallos de las judías. Ahora estaba todo seco, pese a los dos o tres inesperados chubascos invernales que habían hecho posarse el polvo, pero todo sería muy diferente si las lluvias eran buenas. Solamente en ese caso.

Tomó un sorbo de té y fue hacia la parte posterior de la casa. No había nada que ver allí, sólo un par de barriles vacíos que el señor J.L.B. Matekoni había traído del taller para algún propósito que ella desconocía aún. El mecánico tenía propensión a acumular cosas, y Mma Ramotswe sólo iba a tolerar aquellos barriles unas pocas semanas, luego se encargaría de que desaparecieran de allí. El señor Nthata, que así se llamaba el vigilante, era útil para esas cosas; siempre estaba dispuesto a llevarse los trastos que el señor J.L.B. Matekoni dejaba esparcidos por el patio; el señor J.L.B. Matekoni se olvidaba pronto de estas cosas y casi nunca se daba cuenta de que habían desaparecido.

Lo mismo ocurría con sus pantalones. Mma Ramotswe solía estar al tanto de los pantalones caqui que su marido se ponía debajo del mono de trabajo, y al final, cuando las perneras ya estaban muy gastadas en su parte inferior, los retiraba discretamente de la lavadora automática tras un último lavado y se los daba a una mujer de la catedral anglicana, que les buscaba un nuevo dueño. Muchas veces, el señor J.L.B. Matekoni no se daba ni cuenta de que estaba poniéndose un pantalón nuevo, sobre todo si Mma Ramotswe lo distraía con algún chisme o alguna noticia mientras él se estaba vistiendo. Ella juzgaba necesario hacerlo así, pues el señor J.L.B. Matekoni siempre se oponía a deshacerse de sus pantalones viejos, a los que, como tantos hombres, les tenía mucho apego. Si los dejaran a su aire, pensaba Mma Ramotswe, los hombres irían vestidos con andrajos. Su propio padre se había negado a separarse de su sombrero, incluso cuando, de tan viejo como estaba, la copa y el ala apenas si formaban una misma pieza. Mma Ramotswe recordaba morirse de ganas de cambiárselo por uno de los elegantes sombreros que había visto en Mochudi, en el Pequeño Bazar El Comerciante Justo, pero se había dado cuenta de que su padre jamás iba a renunciar al viejo, que era para él como un talismán, un tótem. Y el fiel sombrero había sido enterrado con su dueño, dentro del féretro de madera basta en el que había vuelto al seno de aquella tierra que tanto amó y de la que siempre había estado tan orgulloso. De eso hacía ya tiempo, y aquí estaba ella ahora, casada y propietaria de un negocio, una mujer independiente y con cierto renombre dentro de la comunidad, en la parte de atrás de su casa con un tazón que ya se había quedado sin té y un día de responsabilidades por delante.

Entró. A los dos niños adoptados, Puso y Motholeli, no se les pegaban las sábanas y se levantaban sin que Mma Ramotswe hubiera de insistir. Motholeli estaba ya en la cocina, sentada a la mesa en su silla de ruedas frente a su desayuno, que era una gruesa rebanada de pan con mermelada. De fondo se oyó el portazo de Puso al cerrar el cuarto de baño.

—No sabe cerrar puertas sin hacer ruido —dijo Motholeli, tapándose los oídos.

—Es un chico —dijo Mma Ramotswe—, y los chicos se comportan así.

—Pues me alegro de no ser chico —dijo Motholeli.

Mma Ramotswe sonrió.

—Los hombres y los chicos piensan que a nosotras nos gustaría ser como ellos. Me parece que no se dan cuenta de lo contentas que estamos de ser mujeres.

—¿Le gustaría ser otra persona, Mma? —preguntó Motholeli después de pensar un poco—. ¿Hay alguien en especial que le gustaría ser?

Mma Ramotswe reflexionó. Era el tipo de pregunta que siempre le costaba bastante responder, del mismo modo que le resultaba imposible contestar en qué epoca le habría gustado vivir de no haber vivido en el presente. Esa pregunta era especialmente desconcertante. Algunos respondían que les habría gustado vivir antes de la época colonial, antes de que llegaran los europeos y se repartieran África; ésa, decían, habría sido una buena época; África administraba sus propios asuntos, sin humillaciones. Y sí, era cierto que Europa había devorado a África (sin que nadie la hubiera invitado al banquete), pero antes de eso no todo había sido tan bonito. ¿Y si te hubiera tocado vivir cerca de los zulúes, militaristas feroces? ¿Y si eras el débil en casa del fuerte? Los batswana siempre habían sido un pueblo pacífico, pero no se podía decir lo mismo de todo el mundo. ¿Y qué decir de medicinas y hospitales? ¿Querrías vivir en una época en que un simple rasguño podía infectarse y acabar con tu vida? ¿O cuando todavía no había anestesia dental? Mma Ramotswe pensaba que no, y, sin embargo, el ritmo de vida era en aquel entonces infinitamente más humano y la gente se apañaba con mucho menos. Quizá habría estado bien vivir cuando no tenías que preocuparte por el dinero porque no existía tal cosa; o cuando no tenías que estar pendiente de llegar puntual porque se desconocían los relojes. Sí, desde luego, había mucho que decir a favor de un tiempo en que sólo te preocupabas por el ganado y por la cosecha.

Y en cuanto a la pregunta de quién le gustaría ser, probablemente no había respuesta. ¿Su ayudante, Mma Makutsi? ¿Cómo sería convertirse en una mujer de Bobonong, llevar unas grandes gafas redondas, tener un título de la Escuela de Secretariado Botsuana (con un noventa y siete por ciento de nota final) y ser ayudante de detective? ¿Cambiaría Mma Ramotswe sus cuarenta y pocos por los treinta y pocos de Mma Makutsi? ¿Cambiaría su matrimonio con el señor J.L.B. Matekoni por el compromiso de Mma Makutsi con Phuti Radiphuti, propietario de la tienda de muebles Double Comfort... y de un buen rebaño de vacunos? No, ella pensaba que no. Por muy buen partido que pudiera ser Phuti Radiphuti, nunca lo sería tanto como el señor J.L.B. Matekoni; y aun cuando estuviera muy bien tener poco más de treinta años, haber sobrepasado la cuarentena tenía sus compensaciones. Como por ejemplo... Vaya, ¿y cuáles eran, si podía saberse?

Motholeli, que había provocado toda esta reflexión con su pregunta, la interrumpió; Mma Ramotswe no iba a poder enumerar mentalmente esas supuestas compensaciones.

—¿Entonces? —dijo la niña—. ¿Quién le gustaría ser? ¿La ministra de Sanidad?

La ministra, casada con aquel gran hombre, el profesor Thomas Tlou, había visitado hacía poco el colegio de Motholeli para una entrega de premios y pronunciado una vibrante alocución ante los alumnos. Motholeli había quedado tan impresionada que lo había comentado al llegar a casa.

—Es una excelente persona —dijo Mma Ramotswe—, y siempre lleva unos tocados preciosos. No me importaría ser Sheila Tlou... si tuviera que ser otra persona. Pero, mira, la verdad es que estoy muy contenta de ser Mma Ramotswe. No tiene nada de malo, creo yo. —Hizo una pausa—. Y tú estás contenta de ser quien eres, ¿verdad?

Hizo la pregunta sin pensar, y lo lamentó de inmediato. Había motivos evidentes para que Motholeli deseara ser otra persona, y Mma Ramotswe, nerviosa, buscó algo que sirviera para cambiar de tema. Se miró el reloj.

—Oh, la hora. Se está haciendo tarde, Motholeli. Ya me gustaría, pero no podemos quedarnos aquí charlando toda la mañana...

Motholeli se lamió la mermelada de los dedos y luego miró a Mma Ramotswe y dijo:

—Sí, estoy contenta. Soy muy feliz y no creo que quisiera ser ninguna otra persona.

Mma Ramotswe suspiró aliviada.

—Estupendo. Entonces creo que...

—Salvo usted, quizá —continuó Motholeli—. Me gustaría ser usted, Mma Ramotswe.

—No sé si te lo pasarías siempre muy bien —rió Mma Ramotswe—. Yo misma quisiera ser otra, a veces.

—O el señor J.L.B. Matekoni —dijo la niña—. Me gustaría saber tanto de coches como él. Eso sería bonito.

¿Y soñar con tambores de freno y cambios de marchas?, se preguntó Mma Ramotswe. ¿Y tener que aguantar a esos dos aprendices y estar casi todo el día sucio de grasa y aceite?

Una vez los niños hubieron partido hacia la escuela, Mma Ramotswe y el señor J.L.B. Matekoni se quedaron solos en la cocina. Los niños siempre hacían algún ruido; ahora reinaba una calma casi artificial, como después de una tormenta y de una noche de ventolera. Era momento de que los adultos terminaran su té en amigable silencio, o quizá intercambiar algunas palabras sobre los quehaceres del día. Luego, una vez despejada la mesa del desayuno y limpiado el cazo de las gachas, irían por separado al trabajo. El señor J.L.B. Matekoni en la camioneta verde y Mma Ramotswe en su mini furgoneta blanca. Su destino era el mismo en ambos casos, pues la Primera Agencia de Mujeres Detectives estaba en el mismo recinto que Speedy Motors, pero llegaban siempre a horas distintas. Al señor J.L.B. Matekoni le gustaba tomar el camino más corto, la ruta que pasaba junto a los edificios de la universidad, mientras que Mma Ramotswe, que sentía debilidad por la zona conocida como el Village, solía dar un rodeo por Oodi Drive o Hippopotamus Road y tomar Tlokweng Road desde ese lado.

Mientras estaban sentados a la cocina, el señor J.L.B. Matekoni levantó bruscamente la vista de su taza y la fijó en un punto del techo. Mma Ramotswe supo en seguida que iba a revelarle algo; el señor J.L.B. Matekoni siempre miraba al techo cuando tenía que decir algo importante. Ella guardó silencio y esperó a que su marido hablara.

—Hay algo que quería mencionarle —dijo él, como si tal cosa—. Se me olvidó decírselo ayer. Usted estuvo en Molepolole, ¿no?

—Así es —dijo ella—. Fui a Molepolole.

Él seguía con la vista fija en el techo.

—Por cierto, ¿y qué tal Molepolole?

21

Ella sonrió.

—Ya sabe. Ha crecido un poco, pero casi todo está igual, más o menos.

—No sé si me gustaría que Molepolole cambiara demasiado —dijo él.

Mma Ramotswe esperó. Algo importante debía de tener en la cabeza el señor J.L.B. Matekoni, pero en estos casos solía tomarse su tiempo.

—Ayer alguien preguntó por usted —dijo él—. Cuando Mma Makutsi estaba fuera.

Mma Ramotswe se llevó una sorpresa y, pese a su temperamento ecuánime, se sintió enojada. Mma Makutsi debería haber estado todo el día en la oficina, por si llegaba algún cliente. ¿Adónde habría ido?

—¿Así que Mma Makutsi no estaba? ¿No dijo adónde iba? —Podía ser que algún asunto urgente relacionado con la agencia la hubiera hecho ausentarse, pero Mma Ramotswe lo dudaba. Era mucho más probable que se hubiera ido de compras, probablemente a por unos zapatos nuevos.

El señor J.L.B. Matekoni bajó finalmente la vista y miró a Mma Ramotswe. Sabía que su esposa era generosa como jefa, pero no quería poner en aprietos a Mma Makutsi si ésta había obedecido deliberadamente sus instrucciones. Y había ido de compras; poco antes de las cinco —un regreso puramente simbólico, pensó él en su momento— apareció cargada de paquetes, uno de los cuales procedió a abrir para enseñarle los zapatos que se había comprado. Mma Makutsi le había dicho que eran la última moda, pero al señor J.L.B. Matekoni le costó reconocerlos incluso como zapatos, tan endebles parecían con aquellas tiritas de cuero rojo entrecruzadas que formaban el empeine.

—Ya veo: se fue de compras —dijo Mma Ramotswe, con un gesto de desaprobación.

—Puede —dijo él. Admiraba mucho a Mma Makutsi y solía salir en su defensa. Sabía lo que era ser de una aldea remota, llegar con una mano delante y otra detrás y alcanzar un cierto éxito en la vida. Mma Makutsi lo había conseguido con su noventa y siete por ciento y con la academia de mecanografía y, naturalmente, con su forrado novio—. Pero en ese momento no había movimiento. Estoy seguro de que ya había terminado el trabajo.

—Hace un momento ha dicho que vino a verme un cliente, ¿no? —señaló Mma Ramotswe.

El señor J.L.B. Matekoni jugueteó con un botón de su camisa. Sin duda estaba avergonzado por algo.

—Bueno, sí. Pero como yo estaba por allí, hablé con la persona.

—¿Y?

El señor J.L.B. Matekoni dudó.

—Pude solucionar el problema —dijo—. Lo he puesto todo por escrito para enseñárselo. —Sacó del bolsillo un papel doblado y se lo pasó a Mma Ramotswe.

Ella lo desdobló y leyó la nota escrita a lápiz. La letra del señor J.L.B. Matekoni era angulosa y pulcra, la de alguien a quien habían enseñado caligrafía muchos años atrás, y que nunca había olvidado la técnica. La letra de Mma Ramotswe era menos legible e iba de mal en peor. Ella lo achacaba a sus muñecas, que con los años se le habían ido haciendo más gruesas, lo cual afectaba al ángulo de la mano sobre el papel. Mma Makutsi había llegado a decir que la letra de su jefa se parecía cada vez más a la taquigrafía y que pronto no se distinguiría del sistema de rayas y curvas que llenaban las páginas de su propia libreta.

«Será una primicia —comentó mientras trataba de descifrar una nota que Mma Ramotswe le había pasado—. La primera vez que alguien empieza a escribir taquigrafía sin haber aprendido la técnica. A lo mejor hasta sale en el periódico».

Mma Ramotswe no supo si debía sentirse ofendida por el comentario, pero decidió tomárselo a risa. «¿Cree que sacaría un noventa y siete por ciento?», preguntó.

Mma Makutsi se puso seria. No le gustaba que tomaran a la ligera la nota final que había obtenido en la Escuela de Secretariado Botsuana.

«No —respondió—. Sólo se lo decía en broma. Para obtener ese resultado, tendría usted que trabajar de firme y estudiar mucho. Muchísimo». Y luego miró a Mma Ramotswe como dando a entender que semejante puntuación no estaba al alcance de sus posibilidades.

Mma Ramotswe tenía ahora ante ella la nota que había escrito el señor J.L.B. Matekoni. «Hora: 15.20. Cliente: mujer. Nombre: Faith Botumile. Asunto: marido tiene una aventura. Petición: averiguar quién es la amante del marido. Acción propuesta: eliminar a la interfecta. Recuperar marido».

Después de leer la nota, Mma Ramotswe miró a su marido. Trataba de imaginarse el encuentro entre él y la cliente. ¿Se habrían entrevistado en el garaje, él con la cabeza metida en el capó de un coche? ¿O quizá la habría llevado a la oficina y se habría sentado a *su* mesa, la de Mma Ramotswe, limpiándose las manos de grasa mientras la cliente le explicaba el caso? ¿Y qué aspecto tenía Faith Botumile? ¿Qué edad? ¿Cómo vestía? Había muchas cosas en las que una mujer se fijaba y que eran vitales para esclarecer un caso, y que a un hombre le pasaban totalmente inadvertidas.

—Esta mujer... —dijo, sosteniendo en alto el papel—. Hábleme de ella.

El señor J.L.B. Matekoni se encogió de hombros.

—Pues era una mujer normal y corriente —dijo.

Mma Ramotswe sonrió. Sí, era lo que se había imaginado. Sería preciso entrevistar de nuevo a Mma Botumile y empezar de cero.

—¿Una mujer y ya está? —murmuró.

—Sí —dijo él.

—¿Y no puede contarme nada más de ella? ¿Sobre su aspecto, o su edad?

Eso pareció sorprender al señor J.L.B. Matekoni.

—Ah, ¿quiere que se lo cuente?

—Pues no vendría nada mal...

—Treinta y ocho años —dijo el señor J.L.B. Matekoni.

—¿Eso se lo dijo ella? —preguntó, sorprendida, Mma Ramotswe.

—No. Directamente no. Pero lo deduje. Me contó que era hermana del hombre que tiene esa zapatería cerca del supermercado, y que ella era copropietaria del negocio. Luego dijo que él le llevaba dos años. Conozco a ese individuo. Sé que hace poco cumplió los cuarenta, porque una persona que lleva el coche al taller me dijo que estaba invitado a su fiesta. Por eso supe que...

Mma Ramotswe abrió mucho los ojos y preguntó:

—¿Qué más sabe de esa mujer?

El señor J.L.B. Matekoni volvió a mirar al techo.

—Nada más —dijo—. Bueno, podría ser que fuera diabética.

Mma Ramotswe guardó silencio.

—Le ofrecí una galleta —dijo él—, de ésas recubiertas de azúcar que tiene usted sobre la mesa, en la lata donde pone «Lápices». Le ofrecí una y la mujer se miró el reloj y negó con la cabeza. He visto que los diabéticos hacen eso. A veces miran el reloj porque tienen que saber cuánto falta para la siguiente comida. —Hizo una pausa—. No estoy seguro, naturalmente. Sólo lo pensé.

Mma Ramotswe asintió con la cabeza y miró ella también el reloj. Era casi la hora de ir a la oficina, y tuvo la sensación de que hoy iba a ser un día raro. Siempre que uno se lleva tan tremenda sorpresa antes de las ocho de la mañana, el día acaba siendo raro, un día en el que descubres cosas que chocan con la idea que tenías acerca de la vida.

Conduciendo camino del trabajo, ni siquiera se molestó en no perder de vista la camioneta verde del señor J.L.B. Matekoni que la precedía. Al llegar al final de Zebra Drive, cruzó la calle que iba hacia el norte, esquivando por los pelos a un coche grande que derrapó e hizo sonar el claxon (¡qué grosería!, pensó, ¡qué exageración!). Siguió adelante y pasó frente al Sun Hotel, más allá del cual, de espaldas a la cerca, se sentaban las mujeres con sus colchas y manteles de ganchillo a la vista, con la esperanza de que algún transeúnte se decidiera a comprar. Era una intrincada y minuciosa labor artesanal, partiendo del centro, lentamente, puntada a puntada, en amplios círculos de hilo blanco, como una telaraña. Aquellas mujeres, que aguardaban pacientemente al sol, eran artistas que con su trabajo mantenían a una familia, pese a que su obra quedara muchas veces relegada al olvido o permaneciera en el anonimato.

Mma Ramotswe necesitaba una colcha nueva y un día de éstos les compraría una; pero hoy no, pues tenía otras cosas en la cabeza. Mma Botumile. Mma Botumile... El nombre le había sonado porque estaba segura de que en algún momento se había topado con él, pero no recordaba dónde ni cuándo. Y de repente se acordó de que alguien le había dicho una vez: «Mma Botumile es la mujer más grosera de todo Botsuana. ¡Se lo juro!».

Regla de tres

βueno, Mma —dijo Mma Makutsi desde su escritorio—. Un día más.

Era un comentario que no requería respuesta inmediata. Y, puesto que tampoco era algo que se pudiera negar, Mma Ramotswe asintió simplemente con la cabeza, de paso que se fijaba en el vestido rojo subido de Mma Makutsi, un vestido que no le había visto anteriormente. Le sentaba muy bien, aun cuando quizá era demasiado formal para aquella modesta oficina; al fin y al cabo, la ropa nueva, la ropa suntuosa, pone en evidencia lo viejos que son tus archivadores. La primera vez que se presentó a trabajar para ella, Mma Makutsi tenía muy pocos vestidos, dos de los cuales eran azules y el resto de un tono descolorido entre amarillo y verde. Tras el éxito de sus clases de mecanografía para hombres, había podido comprarse algunos más, y ahora, a raíz de su compromiso con Phuti Radiphuti, tenía el armario repleto.

—Un vestido muy elegante, Mma —dijo—. Ese color le sienta muy bien. Usted es de las personas que pueden vestir de rojo. Siempre lo he pensado.

Mma Makutsi sonrió encantada. No estaba acostumbrada a que le hicieran cumplidos por su aspecto; aquel cutis difícil, aquellas gafas demasiado grandes...; todo se confabulaba en contra del piropo.

—Gracias, Mma —dijo—. Estoy muy contenta con él. —Hizo una pausa—. Le diré una cosa: usted también podría vestir de rojo.

Mma Ramotswe pensó: «Pues claro que puedo». Pero en lugar de esto, dijo simplemente:

—Gracias, Mma.

En el silencio que siguió, Mma Ramotswe se puso a pensar con qué dinero habría pagado el vestido, y si su compra se habría efectuado durante esa ausencia no autorizada del trabajo. Creyó adivinar la respuesta a la primera pregunta: sin duda, Phuti Radiphuti pasaba dinero a Mma Makutsi, lo cual le parecía bien puesto que era su novio, y en parte ahí estaba la gracia de tener novio. En cuanto a lo segundo, bueno, nada más fácil de averiguar. Mma Ramotswe creía firmemente en la pregunta directa como mejor método de obtener información. Esta técnica le había resultado muy útil en innumerables pesquisas. La gente, si le preguntabas, solía estar dispuesta a contar cosas, y más aún a hacerlo incluso sin que tú se lo pidieras.

—A mí siempre me cuesta mucho decidirme, cuando he de comprar ropa —dijo Mma Ramotswe—. Por eso me gusta ir los sábados, así tengo tiempo de sobra, no como un día laborable. Nunca queda mucho tiempo para ir de compras los días laborables, ¿verdad, Mma Makutsi?

Si la otra dudó, fue apenas un instante.

—Cierto —dijo Mma Makutsi—. Y por eso a veces pienso que sería bonito no tener que trabajar. Así podríamos pasarnos el día yendo de compras...

Se produjo un nuevo silencio. Para Mma Ramotswe, el significado del comentario de su ayudante estaba bien claro. Semanas atrás se le había ocurrido que el compromiso de Mma Makutsi con un hombre rico podía comportar que ésta abandonara la agencia, pero rápidamente se había quitado esa idea de la cabeza; era una posibilidad tan dolorosa como poco grata, y no quiso ni pensar en ello. Tal vez Mma Makutsi fuera un poco peculiar, pero su valor como amiga y colega era incalculable. Mma

Ramotswe no se imaginaba estar sin ella en la oficina, tomar solitarias tazas de té rooibos sin poder hablar de las flaquezas de la clientela con su confidente, no poder compartir ideas sobre casos difíciles, no poder intercambiar una sonrisa ante las chapuzas de los aprendices. Ahora se sentía avergonzada por su reacción ante la escapada de Mma Makutsi en horario laboral. ¿Qué importancia tenía que una empleada tan aplicada como ella abandonara la oficina de vez en cuando? También Mma Ramotswe lo había hecho en numerosas ocasiones y nunca se había sentido culpable por ello. Claro que su caso era diferente: ella era la propietaria del negocio y no tenía que responder ante nadie salvo ante sí misma, pero eso por sí solo no justificaba tener una norma para ella y otra para Mma Makutsi.

Carraspeó antes de hablar:

—Naturalmente, una siempre puede tomarse un rato libre por la tarde. No hay nada de malo en eso, en absoluto. No se puede estar todo el día dale que te pego...

Mma Makutsi estaba escuchando. Si había pretendido que su comentario sirviera de advertencia, había logrado su objetivo.

—Pues, ahora que lo menciona, Mma, es lo que hice el otro día —dijo tan tranquila—. Sabía que a usted no le iba a importar.

—Oh, por supuesto que no, Mma —dijo al punto Mma Ramotswe.

La otra sonrió. Era la reacción que había esperado, pero no podía dejar a Mma Ramotswe con la palabra en la boca.

—Gracias. —Miró por la ventana antes de continuar—. Digo yo que no trabajar nunca debe de ser una sensación estupenda...

—¿De veras lo cree, Mma? ¿No le parece que se aburriría en seguida? Sobre todo si dejara un empleo tan interesante como éste. Me temo que lo echaría mucho de menos.

Pareció que Mma Makutsi dedicaba unos momentos a pensar en ello.

—Puede —dijo, sin comprometerse. Y luego, como para recalcar que la idea de Mma Ramotswe le parecía dudosa, añadió—: A lo mejor.

Y ahí quedó la cosa. Mma Makutsi había dejado claro que ahora era una mujer que no dependía de este puesto de trabajo y que se iría de compras cuando le viniera bien; y Mma Ramotswe, por su parte, se daba cuenta de que se había producido un sutil desplazamiento de poder, como un cambio casi imperceptible en la dirección del viento. Siempre había sido una jefa considerada, pero su mayor edad y experiencia en el oficio la habían investido de cierta autoridad, una autoridad que Mma Makutsi siempre había tenido en cuenta. Ahora que las cosas parecían estar cambiando, se preguntó si sería Mma Makutsi, y no ella, quien iba a decidir cuándo tocaba la pausa para el té. ¿Y qué vendría después? Había que pensar en el señor Polopetsi. Era un hombre sumamente dócil a quien Mma Ramotswe había dado trabajo —por llamarlo de alguna manera— después de hacerlo caer de su bicicleta y enterarse de sus desventuras. El señor Polopetsi había resultado ser un buen trabajador, capaz de echar una mano al señor J.L.B. Matekoni en el taller y de hacer pequeños encargos para la agencia. No estorbaba y siempre estaba dispuesto a colaborar, pero Mma Ramotswe había oído a Mma Makutsi llamarlo varias veces «mi ayudante» en un tono de voz claramente posesivo, pese a que en todo momento había quedado claro que ella, Mma Makutsi, era también ayudante de detective. Mma Ramotswe se preguntó si ahora no reivindicaría ser algo más, tal vez «co-detective» o, incluso, «detective adjunta»; a la gente le gustaba darse importancia y modificar el título de tu empleo era una manera de conseguirlo. Mma Ramotswe había conocido a un profesor adjunto de la universidad, un hombre que llevaba el coche a reparar al taller del señor J.L.B. Matekoni, y había pensado que lo de «profesor adjunto» era propio de alguien a quien se permitía asociarse con profesores pero no, de hecho, serlo él. Y luego pensó: cuando tomaban el té, estos profesores, ¿qué hacía el adjunto?, ¿quedarse unos metros aparte, como si formara parte del grupo, pero no del todo? Eso la había hecho sonreír; qué tonta era la gente con todas esas distinciones, pero hete aquí que ella misma estaba meditando la manera de promover a Mma Makutsi, pero sin pasarse. Ése sería un buen modo de conservar a su ayudante. Nada más fácil que concederle un ascenso simbólico, especialmente si no llevaba implícito un aumento de sueldo. Sería una operación de escaparatismo, pura política de fachada; pero no, lo haría porque Mma Makutsi merecía eso y más. Si tenía que pasar a ser detective adjunto, con todo lo que eso pudiera implicar, sería porque se había ganado ese título.

—Mire, Mma —empezó diciéndole—, yo creo que ha llegado el momento de una revisión. Tanto hablar de asuntos laborales me ha hecho comprender que es necesario revisar las cosas...

No dijo más. Mma Makutsi, que todo este rato no había dejado de mirar por la ventana, había visto aproximarse un coche a la sombra de la acacia.

—Tenemos cliente —dijo.

—Entonces prepare el té, haga el favor —dijo Mma Ramotswe. Y al ver que su ayudante se levantaba en seguida, soltó un discreto suspiro de alivio. Aparentemente, su autoridad no había menguado un ápice.

—¡De modo que somos primos! —dijo Mma Ramotswe, con un tono entre el entusiasmo y la cautela. En esto de los primos y las primas había que ser precavido; tenían la manía de presentarse en momentos de apuro (para ellos) y recordarte los lazos de parentesco. Y según la vieja ética de Botsuana, de la cual Mma Ramotswe era gran defensora, había que ayudar al pariente necesitado, aunque fuera un primo muy lejano. A ella no le parecía mal en absoluto, pero a veces había gente que abusaba. Todo dependía, al parecer, del primo o la prima en cuestión.

Miró discretamente al hombre que estaba sentado delante de su mesa, el hombre a quien Mma Makutsi había visto llegar y había acompañado hasta la oficina. Iba bien vestido, con traje y corbata, y llevaba los cordones de los zapatos muy bien atados. Eso era señal de dignidad, lo que, sumado a su porte desenvuelto y a su seguridad al hablar, dejaba claro que no se trataba de un primo gorrón. Mma Ramotswe se relajó. Aunque hubiera venido a pedirle un favor, no sería algo que exigiera ningún dispendio. Y esto era un alivio, puesto que los ingresos de la agencia el último mes habían sido escasos. Se puso a pensar que podía tratarse incluso de un caso que supondría cobrar algo, y que el parentesco entre ella y el cliente no afectaría a la minuta. Oh, pero eso estaba casi descartado. ¡Cómo le ibas a cobrar a un primo!

El hombre sonrió.

—Sí, Mma. Somos primos. Lejanos, eso desde luego, pero primos al fin.

Mma Ramotswe hizo un gesto acogedor con las manos.

—Siempre es bueno conocer a un nuevo primo. Pero me pregunto...

—¿Cuál es nuestro parentesco, quiere decir? —interrumpió él—. Bien sencillo, Mma. Su padre era el difunto Obed Ramotswe, ¿no es cierto?

Mma Ramotswe asintió con la cabeza: Obed Ramotswe —su venerado papá—, el hombre que la había criado tras la muerte de una madre a la que ella no recordaba; Obed, el hombre que había ahorrado durante todos aquellos años de duro trabajo en las minas y que había reunido un rebaño de bovinos del que cualquier hombre se habría sentido orgulloso. No pasaba un día, ni uno solo, que no pensara en él.

—Fue un gran hombre, según me han contado —dijo el cliente—. Lo vi una vez cuando yo era muy joven, pero ya no estábamos en Mochudi, entonces vivíamos en Lobatse. Por eso es que usted y yo no nos conocimos, a pesar de ser primos.

Mma Ramotswe le animó a continuar. Había decidido que el hombre le caía bien y se sentía un poquito culpable por su recelo inicial. Había que ir con ojo, decían algunos; tenías que estar alerta porque el mundo se había vuelto así, o eso argüían tales personas. Decían que ya no podías fiarte de la gente, porque no sabías de dónde venían, cuál era su familia; y sin saber eso, ¿cómo podía fiarse uno de nadie? Mma Ramotswe entendía el significado de dichas aseveraciones, pero no estaba de acuerdo con esta opinión cínica. Todo el mundo venía de alguna parte; todo el mundo tenía algún tipo de familia. Lo que pasaba era que ahora costaba un poco más averiguarlo. Y ése no era motivo para volverse desconfiado.

El hombre inspiró hondo y dijo:

—Su difunto padre era hijo de Boamogetswe Ramotswe, ¿no? Y éste era su abuelo, fallecido también.

—En efecto. —Mma Ramotswe no había llegado a conocerlo y tampoco había fotos de él, como era habitual en la gente de su generación. Ya nadie sabía qué aspecto tenían, cómo iban vestidos. Todo eso se había perdido.

—Y él tenía una hermana cuyo nombre no recuerdo —prosiguió el hombre—, pero que se casó con un tal Gotweng Dintwa, que trabajaba en el ferrocarril en la época del Protectorado. Era el encargado de un depósito de agua para los trenes de vapor.

—Me acuerdo de esos depósitos —dijo Mma Ramotswe—. Les colgaba un tubo muy largo, de lona, como trompa de elefante.

El hombre rió.

—Sí, es lo que parecía. —Se inclinó al frente—. Él tenía una hija que se casó con un tal Monyena. Monyena era de la generación de su padre, Mma, y se conocían un poco, no mucho, pero se conocían. Luego, este Monyena se fue a Johannesburgo y acabó en la cárcel por no tener los papeles en regla. A su regreso se instaló con su mujer cerca de Mochudi. Ahí es donde entro yo. Soy el hijo de ese hombre, me llamo Tati Monyena.

Pronunció la última frase con un deje de orgullo, como el narrador de una saga cuando revela por fin la verdadera identidad del héroe. Mientras asimilaba esta infomación, Mma Ramotswe apartó la vista de su invitado y miró hacia la ventana. No pasaba nada allí afuera, pero uno nunca sabía. La acacia estaba quieta, sus ramas espinosas no registraban el menor soplo de brisa y detrás de ellas sólo había el cielo azul claro, pero allí se posaban pájaros que hacían su propia vida. Pensó en esta historia resumida de una familia que compartía raíces con la suya propia. En pocas palabras podías abarcar lo que duraba una vida; con unas cuantas más podías resumir generaciones, dinastías enteras, con algún pequeño detalle de vez en cuando (un antiguo depósito de agua, por ejemplo) que lo hacía todo tan humano, tan inmediato. Sí, efectivamente, el vínculo era lejano; había cientos de personas, si no miles, con ese mismo nivel de parentesco respecto a ella. Al final, en un país como Botsuana, con una población escasa, todos estaban más o menos emparentados. En la enmarañada red genealógica había sitio para todo el mundo; a nadie le faltaba un familiar.

Mma Makutsi, que había estado escuchando desde su mesa, intervino ahora.

—Hay muchos primos —dijo.

Tati Monyena volvió la cabeza y la miró sorprendido.

—Así es —dijo—. Hay muchos primos.

—Yo tengo montones de primos, allá en Bobonong —continuó Mma Makutsi—. Son tantos que he perdido la cuenta. Primos, primos y más primos.

—Qué bien —dijo Tati Monyena.

—Según se mire, Rra —replicó Mma Makutsi—. A veces está bien, y a veces no tanto. A muchos de estos primos sólo los veo cuando quieren algo. Ya sabe usted a qué me refiero.

Al oír esto, Tati Monyena se puso tieso.

—No todos van a ver a sus primos por esa razón —murmuró—. Yo no soy de los que...

Mma Ramotswe lanzó una mirada a su ayudante. Que ahora estuviese prometida a Phuti Radiphuti no le daba ningún derecho a hablar así a un cliente. Tendría que hablar con ella después, darle una reprimenda, con suavidad, por supuesto.

—Yo me alegro mucho de que haya venido a verme, Rra —dijo Mma Ramotswe a toda prisa.

Tati Monyena la miró, y en sus ojos había gratitud.

—No he venido a pedir ningún favor —dijo—. Pienso pagarle por sus servicios.

Mma Ramotswe trató de disimular su sorpresa, pero no lo consiguió, pues Tati Monyena se sintió obligado a tranquilizarla una vez más:

—Pagaré lo que sea menester. No se trata de mí, sabe, es para el hospital.

—Descuide, Rra —dijo ella—, pero ¿de qué hospital me habla?

—Del de Mochudi, Mma.

De repente, Mma Ramotswe se vio inundada de recuerdos: el viejo hospital de la Iglesia Reformada Holandesa, ahora público, cerca del lugar comunal de reunión —la *kgotla*— en Mochudi; el hospital donde muchas personas que ella conocía habían nacido, y habían muerto, y cuyas paredes habían presenciado tanto sufrimiento, y tanta bondad desplegada ante éste. Lo recordó con cariño, y luego miró a su primo.

—¿Y por qué el hospital, Rra?

Tati Monyena recuperó su expresión ufana.

—Yo trabajo allí, Mma. No soy el director del hospital, pero casi.

Mma Ramotswe no pudo evitarlo, la fórmula le vino rápidamente a la cabeza:

—¿Ayudante de director?

—Exacto —dijo él, y por un momento pareció recrearse en esa descripción—. Usted ya conoce el hospital, ¿verdad? Oh, claro que lo conoce.

Mma Ramotswe rememoró la última vez que había estado allí, pero apartó en seguida ese recuerdo de su mente. Muchas personas habían muerto de aquella terrible enfermedad antes de que llegaran los medicamentos y consiguieran, en muchos casos al menos, poner fin al sufrimiento. Pero demasiado tarde para su amiga de la infancia, a quien había ido a visitar un tórrido día. Frente a aquella estampa desfigurada se había sentido del todo impotente, pero una enfermera le dijo que con sólo tomarle la mano ya la ayudaría. Lo cual, pensó después, era verdad: abandonar este mundo con tu mano en la mano de otra persona era mucho mejor que hacerlo solo.

—¿Cómo está el hospital? —preguntó—. He oído decir que tienen muchas cosas nuevas: camas, aparato de rayos X...

—Así es —dijo Tati—. El gobierno ha sido generoso con el hospital.

—El dinero es de ustedes —terció Mma Makutsi a su espalda—. Cuando la gente dice que el gobierno le ha dado tal o cual cosa, se olvida de que esa cosa que el gobierno le da ya pertenecía a la gente. —Tras una pausa, añadió—: Lo sabe todo el mundo.

Se hizo el silencio, momento que aprovechó un gueco blanco, uno de esos animalitos que parecen albinos y trepan por paredes y techos desafiando la gravedad con sus deditos adhesivos, para echarse una carrera boca abajo. Dos moscas, que se habían posado en ese mismo tramo del techo, se hicieron a un lado, si bien perezosamente, para eludir el peligro. Mma Ramotswe siguió al gueco con la mirada, pero luego bajó los ojos hasta Mma Makutsi, que estaba sentada debajo. Lo que había dicho podía ser verdad (en realidad, era más que obvio), pero no debería haber usado ese tono desdeñoso, como si Tati Monyena fuese un colegial al que hubiera que explicar en detalle las verdades de la economía.

—Rra Monyena ya sabe esas cosas, Mma —dijo.

Tati Monyena volvió la cabeza y lanzó una mirada nerviosa a Mma Makutsi.

—Lo que dice no puede ser más cierto —dijo—. El dinero sale de nosotros.

—Pues parece que ciertos políticos no se han enterado —dijo Mma Makutsi.

Mma Ramotswe decidió que era momento de llevar la conversación por otros derroteros.

—Así que el hospital quiere que yo haga algo, ¿no? —dijo—. Por mí, encantada, pero tendrá que explicarme cuál es el problema.

—Eso lo dicen los médicos —intervino nuevamente Mma Makutsi desde el otro extremo—. Cuando vas a la consulta te dicen: «Veamos, ¿cuál es el problema?». Y luego...

—Muchas gracias, Mma —cortó Mma Ramotswe— No, Rra, quiero decir qué problema tiene el hospital...

—Ah —suspiró Tati Monyena—, ojalá tuviéramos sólo uno. En realidad, todos los hospitales tienen muchos problemas. Que si falta de fondos, que si escasez de enfermeras, que si infecciones, contagios... La lista sería muy larga, si tuviera que enumerarlos todos, pero hay uno en especial que es el que nos hizo pensar en acudir a usted, Mma. Un problema muy gordo.

—¿Cuál?

—En el hospital ha muerto gente —dijo él.

Mma Ramotswe miró rápidamente a su ayudante; no quería más comentarios, de modo que le dirigió una mirada muy seria. Se imaginaba lo que Mma Makutsi habría podido decir: que en los hospitales siempre moría gente, y el que eso ocurriera de vez en cuando no era motivo para lamentarse. Los hospitales se nutrían de gente enferma, y la gente enferma moría si el tratamiento médico no surtía efecto.

—Lo siento —dijo Mma Ramotswe—. Ya imagino que al hospital no le gusta que sus pacientes fallezcan, pero, al fin y al cabo, los hospitales...

—Por supuesto, sabemos que vamos a perder a algunos de nuestros pacientes —dijo al punto Tati Monyena—. Eso es inevitable.

—Entonces —dijo Mma Ramotswe—, ¿por qué recurren a mí?

Tati Monyena dudó un momento.

—¿Puedo confiar en que no salga de estas cuatro paredes? —preguntó, con un hilo de voz.

—Esto es una consulta confidencial —le aseguró Mma Ramotswe—. Entre usted y yo. Nadie más.

El cliente se volvió otra vez. Mma Makutsi lo estaba mirando fijamente a través de sus grandes gafas redondas, y él giró de nuevo la cabeza.

—Mi ayudante tiene la obligación de guardar secreto —dijo Mma Ramotswe—. Nunca hablamos de los asuntos de nuestros clientes.

—Con la excepción de... —empezó Mma Makutsi, pero su jefa la cortó alzando la voz.

—Sin excepción —dijo—. Sin excepción.

A Tati Monyena pareció incomodarlo esta muestra de desacuerdo, pero tras un momento de vacilación continuó:

—En los hospitales la gente muere por muy diversas razones. Se sorprendería usted, Mma Ramotswe, si supiera la cantidad de pacientes que creen que por el hecho de estar en el hospital ya les ha llegado la hora... —Señaló al techo—. La hora de subir allá arriba, ya sabe. Luego está el que se cae de la cama, o el que sufre una reacción alérgica a algún medicamento, en fin. Son muchas las cosas de este tipo que ocurren en un hospital.

»Pero luego hay casos de pacientes que fallecen sin que sepamos por qué. Por fortuna esto sólo ocurre de vez en cuando. Yo creo que tiene que ver con el corazón. Verá usted, estas cosas no se pueden ver. El forense hace la autopsia y el corazón parece estar bien por fuera; pero por dentro está roto de tristeza; por estar lejos de tu casa, tal vez, y por pensar que nunca más volverás a ver a tu familia, o a tus vacas. Eso puede partirle el corazón a uno.

Mma Ramotswe asintió vivamente con la cabeza. Ella entendía de corazones rotos, sabía que eso podía suceder. Su padre, hacía muchos años, le había hablado de hombres que se iban a las minas de Sudáfrica y que morían sin motivo aparente. Unas semanas después de llegar a Johannesburgo, fallecían, sin más, porque estar tan lejos de Botsuana les había partido el corazón.

—Pero para que a uno se le parta el corazón —continuó Tati Monyena—, tiene que estar despierto, Mma, ¿no le parece?

—¿Despierto? —preguntó, perpleja, Mma Ramotswe.

—Sí. Permita que le cuente lo que pasó y entenderá lo que quiero decir. No estoy seguro de si sabe usted mucho de hospitales, pero sin duda conoce lo que se llama sala de cuidados intensivos. Es para personas que están muy enfermas y que necesitan cuidados constantes. A veces se trata de pacientes que están en coma y con respiración asistida. ¿Conoce usted esos aparatos, Mma?

Mma Ramotswe respondió afirmativamente.

—Bien —continuó Tati Monyena—, en el hospital tenemos una sala de este tipo. Por supuesto, cuando muere alguien ingresado en cuidados intensivos, nadie se sorprende mucho. Están gravemente enfermos cuando ingresan y no todos salen de allí con vida. Pero... —Levantó un dedo para dar énfasis a sus palabras—. Pero cuando resulta que se producen tres fallecimientos en medio año y todos ellos tienen lugar en la misma cama, uno empieza a intrigarse.

—Simple coincidencia —murmuró Mma Makutsi—. Ocurre muy a menudo.

Esta vez Tati Monyena no volvió la cabeza para contestar. Su respuesta fue dirigida a Mma Ramotswe.

—Sí, ya sé que las coincidencias ocurren. De acuerdo, podría tratarse de una coincidencia. Pero ¿y si esas tres muertes se producen casi exactamente a la misma hora y siempre en viernes? —Levantó tres dedos en el aire—. Viernes. —Bajó un dedo—. Viernes. —Bajó otro más—. Viernes. —Bajó el tercero.

Te he encontrado

Ma Makutsi volvió a su casa meditando sobre lo que Tati Monyena había dicho. Prefería no pensar en cosas del trabajo una vez salía de la oficina, tal como le habían recomendado encarecidamente en la Escuela de Secretariado Botsuana: «No volváis a casa y empecéis a escribir cartas mentalmente. Es mejor dejar los problemas de la oficina donde deben estar: en la oficina».

Así lo había hecho ella, por regla general, pero no resultaba fácil cuando se trataba de algo tan raro como lo del hospital. Pese a que intentaba quitarse de la cabeza la mención a las tres insólitas muertes, todo el tiempo le venía a la mente la imagen de Tati Monyena mostrando tres dedos y bajándolos uno por uno. Así, bien pensado, podía resumirse gráficamente la vida: un dedo que se levanta y después baja. Volvió a pensar en ello cuando abrió la puerta de su casa y accionó el interruptor de la luz. Encendido, apagado: igual que nuestras vidas.

No había sido un buen día para Mma Makutsi. Ella no había buscado adrede el altercado —si es que se lo podía llamar así— con Mma Ramotswe, y todavía se sentía incómoda por ello. La culpa, se dijo, era de Mma Ramotswe; no debería haber hecho esos comentarios sobre salir de compras en horas de trabajo. Exigir a un empleado nuevo que se ciñera estrictamente al horario era una cosa lógica, pero tratándose de alguien de mayor nivel, toda una ayudante de detective, sin duda había que tener un poco de manga ancha. Por la tarde, las tiendas estaban llenas de gente con suficiente nivel como para permitirse una escapada. No podías esperar que tales personas (y Mma Makutsi se incluía en esa categoría) sudaran la gota gorda haciendo compras y recados el sábado por la mañana, cuando la ciudad entera estaba intentando eso mismo. Y si Mma Ramotswe era incapaz de entenderlo, se dijo a sí misma, entonces tendría que buscarse otra ayudante.

Se encontraba en mitad de la habitación cuando tuvo este pensamiento y se dio cuenta de que era la primera vez que contemplaba, seriamente, la posibilidad de dejar su empleo. Y ahora que había articulado dicha posibilidad, siquiera para sus adentros, se sentía avergonzada de ello. Mma Ramotswe le había ofrecido su primer puesto de trabajo después de ser rechazada en tantos otros en beneficio de chicas despampanantes de la Escuela de Secretariado Botsuana con un ridículo cincuenta por ciento de nota final. Fue Mma Ramotswe quien supo adivinar lo que valía y quien la contrató, a pesar de que la agencia no tenía fondos para permitirse una secretaria. Pero había habido otros muchos gestos, aparte de éste, por parte de Mma Ramotswe. Como que la ascendiera a ayudante de detective; o cuando le dio tres semanas libres tras la muerte de su hermano Richard, y corrió con la mitad de los gastos del funeral. Y todo eso sin esperar gratitud a cambio; lo había hecho por la sencilla razón de que era una persona buena. Y hete aquí ahora a su desagradecida ayudante barajando la posibilidad de dejar la agencia sólo porque su situación había mejorado y ahora podía permitírselo. Mma Makutsi notó que se sonrojaba de vergüenza. Mañana mismo le pediría disculpas a Mma Ramotswe y se ofrecería para hacer horas extra gratis... Bueno, eso quizá no, pero algún gesto por el estilo.

Empezó a vaciar su bolsa de mano sobre la mesa. Había pasado por las tiendas de camino a casa y había comprado cosas que necesitaba para prepararle la cena a Phuti Radiphuti. Él iba a cenar a casa de Mma Makutsi varias veces a la semana —los otros días seguía comiendo en casa de su padre o de su tía— y a ella le gustaba cocinar algo especial. Naturalmente, sabía lo que más le gustaba a Phuti, que era la carne de buey —especialmente de animales criados con la dulce hierba seca de Botsuana— acompañada de arroz, salsa y judías de las anchas. Mma Ramotswe prefería hacer la carne con calabaza hervida, pero a Mma Makutsi le gustaba más con judías y a Phuti Radiphuti también. Era una suerte, pensaba, que tuvieran los mismos gustos, tanto en la mesa como en otras cosas, lo cual pintaba bien cara a ese matrimonio que estaba en puertas. De ello, precisamente, quería hablar con Phuti, pero sin parecer ansiosa en exceso respecto a casarse. No se le olvidaba ni por un momento que el noviazgo de Mma Ramotswe con el señor J.L.B. Matekoni había sido muy prolongado, tocando sólo a su fin después de que Mma Potokwani, nada menos, consiguiera ponerlo a él en situación de pensar en el matrimonio. Mma Makutsi no quería que su noviazgo durase tanto, y pensaba llegar a un acuerdo con Phuti Radiphuti sobre la fecha de la boda. Él ya había hablado del asunto y no había dado muestras de la reticencia, por no decir indecisión, que había impedido al señor J.L.B. Matekoni fijar un día para el evento.

El día de invierno terminó con la rapidez con que lo hace por esas latitudes. El sol había enrojecido el cielo por el oeste apenas unos segundos, para desaparecer acto seguido. La noche sería fría y despejada, con las estrellas suspendidas en lo alto como cristales. Contempló desde su ventana las luces de las casas del vecindario. Pudo ver a los vecinos del otro lado de la calle sentados junto al fuego que les gustaba mantener encendido en el hogar durante los meses de invierno, algo que reverdecía el recuerdo, casi olvidado ya, de cuando la gente se sentaba en torno a la lumbre en los enclaves para el ganado. Mma Makutsi no tenía hogar en su vivienda, pero esperaba tener uno cuando se mudara a la casa de Phuti Radiphuti, donde había varios; y con repisa, además, sobre la cual colocaría los adornos que ahora guardaba en una caja de zapatos detrás de su sofá. En su nueva vida, además de tener espacio de sobra, podría dedicar tiempo a todo aquello que le había sido imposible hacer debido a la pobreza, y si no tenía que trabajar —la idea volvió a su cabeza espontáneamente—, entonces podría hacer muchísimas cosas. Como podría también quedarse en la cama hasta las ocho de la mañana; ¡qué delicia!, no tendría que darse prisa para tomar el minibús, ni que estar apretujada con otras dos personas en un asiento doble, quienes, encima, casi siempre eran dos señoras de complexión tradicional que necesitaban un banco entero para ellas solas.

Preparó la cena y calculó las judías para dos comensales. Luego puso la mesa con los platos que sabía le gustaban a Phuti, los que tenían dos círculos concéntricos, uno azul y otro rojo; y la taza de té, una grande con un diseño azul que había comprado en una venta benéfica de la iglesia anglicana. «Esa taza —le había dicho Mma Ramotswe— perteneció al último deán, que era un hombre muy bueno. Yo le vi beber de ella». «Pues ahora es mía», había dicho Mma Makutsi.

Al igual que Mma Ramotswe, Phuti Radiphuti tomaba té rooibos; él pensaba que era mucho más sano, pero nunca le había pedido a Mma Makutsi nada especial, limitándose a tomar lo que ella le servía. Sin embargo, tenía pensado hacerle esa petición, pero el momento no se había presentado aún; y con cada tetera de té normal que ella le servía, le resultaba más y más difícil decidirse a pedir otra cosa. Esto había sido un dilema también para Mma Makutsi, dilema que se resolvió cuando un día hizo acopio de valor y le soltó a Mma Ramotswe que ella prefería el té indio y que le hubiera gustado tomar eso, y no té rooibos, desde el primer día.

Había un par de cosillas más que Phuti Radiphuti deseaba plantear a su prometida, pero no se había atrevido a hacerlo todavía. Eran asuntos de poca monta, por supuesto, pero que revestían importancia cuando uno iba a compartir su vida con alguien. No le gustaban mucho sus cortinas; el amarillo era un color que a él no le parecía nada atractivo. A su modo de ver, el mejor color para una cortina era sin duda alguna el azul claro, el de la bandera nacional. No, no se trataba de patriotismo, aunque había quien pintaba de ese azul la puerta de su casa por orgullo patrio. ¿Y por qué no iban a hacerlo, si había motivos de sobra para sentirse orgulloso de Botsuana? No, era más una cuestión de relajación. El azul era un color apacible, pensaba Phuti Radiphuti. Por el contrario, el amarillo era un color energético y poco estable; un color de advertencia, lo mismo que el rojo; un color que te hacía sentir ligeramente incómodo.

Pero aquella tarde, cuando llegó a casa de Mma Makutsi, no quiso discutir de colores. De manera casi repentina, Phuti Radiphuti se sintió agradecido, aliviado, de que ella lo hubiera elegido a él entre todos los hombres que había conocido. Y lo había elegido a pesar de su tartamudez y de su ineptitud para el baile; no sólo había pasado por alto esas cosas, sino que incluso había conseguido que él progresara mucho en ambos aspectos. Sólo por esta razón, sentía tal gratitud hacia ella que casi le dolía el agradecimiento; y es que las cosas podrían haber sido completamente diferentes. Mma Makutsi podría haberse reído de él, o simplemente haber apartado la vista, avergonzada, mientras él hacía esfuerzos por obligar a su lengua a sacar aquellas líquidas sílabas en setswana; pero no lo hizo, porque era una mujer bondadosa, y dentro de poco esa bondadosa mujer se convertiría en su media naranja.

—Debemos fijar un día para la boda —dijo al sentarse a la mesa—. No podemos dejar ese asunto en el... —La importancia de lo que iba a decir pareció atascarlo; la palabra no quería salir.

—En el aire —dijo rápidamente ella.

—Sí. Eso... Debemos compar... compartir nuestra... nuestra...

Mma Makutsi pensó que la palabra siguiente era «manta», y a punto estuvo de pronunciarla, pues en setswana «compartir la manta» era una metáfora usual. Pero luego pensó que Phuti Radiphuti no solía ser tan directo, y se contuvo en el último instante.

—Nuestra opinión al respecto —terminó Phuti.

—Pues claro. Debemos compartir nuestra opinión al respecto.

Phuti Radiphuti se consoló de haber dado un primer paso y eso le animó a entrar en detalles. Volvía a hablar con claridad, sin la tartamudez que antaño lo había mortificado cuando tenía algo importante que decir.

—Yo creo que deberíamos casarnos en enero —dijo—. Enero es un mes donde la gente busca cosas que hacer. Una boda los tendrá ocupados, creo yo. Ya me entientes, que si las tías y demás parientes...

Mma Makutsi rió. Había mucho en que pensar —cosas fascinantes—, pero la alusión a las tías le hizo gracia. Y, aparte de esto, había algo que casi mareaba de pensarlo: ¡Phuti lo había dicho! Bueno, quizá no había concretado un día, pero sí al menos un mes. Eso significaba que su matrimonio ya no era una vaga posibilidad, sino un dato concreto, tan claro y definido como las fechas señaladas del calendario de la imprenta que tenía en la oficina: 30 de septiembre, Día de la Independencia de Botsuana; 1 de julio, nacimiento de sir Seretse Khama. Esas fechas las recordaba, como todo el mundo, porque eran festivos, y Mma Ramotswe recordaba algunas más: 21 de abril, aniversario de la reina Isabel II; 4 de julio, Día de la Independencia de Estados Unidos de América. Había otras fechas en el calendario que la empresa había considerado merecedoras de ser señaladas, pero que escapaban a la atención de la Primera Agencia de Mujeres Detectives. Algunas de ellas eran también fiesta nacional. El 1 de octubre, por ejemplo, era la fiesta nacional de Nigeria, pero Mma Ramotswe no hacía caso de ese día, al menos como festivo. Una vez, Mma Makutsi se lo había hecho notar, y Mma Ramotswe se quedó unos segundos callada y luego dijo: «Es posible, Mma, y me alegro por los nigerianos. Pero si consideráramos festivo cada día que es fiesta nacional en algún país, nos pasaríamos la vida de celebración en celebración». En aquel momento los aprendices rondaban por allí, y Charlie, el mayor de los dos, había abierto la bocaza para decir «¿Y qué tendría eso de malo?», pero se había aguantado de hacerlo, asintiendo en cambio exageradamente con la cabeza.

Mma Makutsi permaneció muy quieta, contemplando el plato que tenía delante.

—Sí, enero sería un buen momento. Así la gente tendrá seis meses para prepararse; creo que será suficiente.

Phuti estuvo de acuerdo. Siempre le había parecido extraño que la gente se complicara tanto las cosas con las bodas: dos fiestas —una por cada familia— y un constante trasiego de personas emparentadas —siquiera de lejos— con los novios.

Seis meses sería un tiempo razonable y no daría pie a un exceso de actividad; un año, en cambio, podía hacer que la gente programara cosas para doce meses.

—Tú tendrás un tío... —empezó Phuti. Sabía que era la parte delicada del asunto, la dote a pagar, y un tío probablemente desearía negociar el precio de la novia. El tío de Mma Makutsi hablaría con el padre de él y con sus tíos, y entre todos acordarían una cifra, teóricamente en cabezas de ganado.

Miró de reojo a su prometida. Una mujer con su educación y su talento podía esperar una buena dote —nueve vacas, quizá—, aunque sus antecedentes familiares no justificaban más que siete u ocho. Pero ¿intentaría su tío (caso de que hubiera uno) elevar el precio en cuanto se enterara de que los Radiphuti poseían una tienda de muebles y una apreciable cantidad de reses? Según la experiencia de Phuti Radiphuti, en estas situaciones los tíos se empleaban a fondo.

—Sí —respondió Mma Makutsi—. Tengo uno; es el mayor de todos y me parece que querrá hablar de estas cosas.

La manera delicada de exponerlo hizo posible que Phuti Radiphuti abandonara un tema potencialmente peliagudo para pasar al terreno menos problemático de la comida.

—Sé de una mujer que serviría —dijo—. Tiene un camión con una nevera dentro. Estas cosas se le dan muy bien.

—Por mí, de acuerdo —dijo Mma Makutsi.

—Y yo puedo encargarme de las sillas para los invitados —añadió Phuti.

Ah, claro, pensó Mma Makutsi; Double Comfort sería muy útil en ese sentido. Nada peor que una boda sin sillas suficientes para los invitados y donde al final la gente acababa comiendo con los platos apoyados en cualquier sitio, incluso en hormigueros, y manchándose la ropa de comida. Se juró a sí misma que eso no ocurriría en su boda, y se sintió muy orgullosa al pensar en ello: «Mi boda», «mis invitados», «las sillas». Qué lejos quedaban los tiempos de penuria como alumna de la Escuela de Secretariado Botsuana, cuando tenía que racionar la comida y apañarse con lo que hubiera (cuando había algo). Felizmente, esos días habían terminado.

Por su parte, Phuti Radiphuti pensó: «Se terminaron mis días de soledad, se terminó el ser objeto de burla debido a mis dificultades al hablar y porque ninguna mujer se fijaba en mí: adiós a todo eso. Por fin...».

Estiró un brazo y tomó la mano de Mma Makutsi. Ella le sonrió.

—Qué suerte he tenido de encontrarte —dijo él.

—No, soy yo la que ha tenido suerte. Yo.

A Phuti eso le parecía improbable, pero que una mujer pudiera considerarse afortunada por tenerlo a él, nada menos que a él, le causó gran emoción. Aquellos a quienes nadie ha querido encuentran difícil de creer que ahora los quiera alguien; les parece un milagro que eso ocurra, un gran milagro.

Mientras Mma Makutsi y Phuti Radiphuti meditaban sobre su buena suerte, Mma Ramotswe y el señor J.L.B. Matekoni, quienes habían reflexionado en muchas ocasiones sobre su propia buena estrella, estaban conversando sobre un asunto de muy diferente índole. Habían terminado de cenar y los niños estaban ya en la cama. Ambos se sentían cansados, él porque esa misma tarde había tenido que sacar un motor entero —tarea que entrañaba un esfuerzo físico considerable—, y ella porque había tenido insomnio la noche anterior. Según el reloj de la cocina, que siempre iba diez minutos adelantado, eran las ocho y media; esto es, las ocho y veinte. No podías acostarte, pensaba Mma Ramotswe, antes de las ocho y media, no era decente; así pues, se dedicó a charlar con su esposo de cómo había ido el día. No le interesaron especialmente los pormenores de la extracción del motor, a los que sólo prestó una atención somera. Pero luego el señor J.L.B. Matekoni dijo algo que la despabiló de golpe.

—Esa mujer con la que hablé..., Mma comose-llame. La del marido.

—Mma Botumile. —El tono de Mma Ramotswe fue de cautela.

—Sí, eso —dijo el señor J.L.B. Matekoni—. He pensado que quizá... como fui yo el primero que habló con ella... —No pudo acabar la frase. Mma Ramotswe le estaba mirando y eso siempre lo desconcertaba.

Ella se demoró en decir algo. Era importante, pensaba, enfocar este asunto con mucha delicadeza.

—¿Quiere intervenir en el caso? —preguntó.

—Bueno, ya he intervenido.

Ella dudó un momento.

—En cierto modo —dijo.

Eso pareció dar confianza al señor J.L.B. Matekoni.

—Ser mecánico está muy bien —dijo—, pero siempre es lo mismo. Llega un coche, miro a ver qué le pasa al motor, hago un diagnóstico, y después lo arreglo. Eso es todo.

No había nada de malo en ello, pensó Mma Ramotswe. A su modo de ver, ser mecánico era una gran vocación, y mucho más útil que gran parte de los trabajos de oficina que se suponían prestigiosos. A un país nunca le sobraban mecánicos, mientras que no podía decirse lo mismo de los funcionarios que le escribían a ella cartas indescifrables acerca de sus impuestos y de los diversos formularios y declaraciones de renta que supuestamente debería cumplimentar.

Le preocupó que el señor J.L.B. Matekoni encontrara repetitivo su oficio. Bien pensado, cualquier trabajo era repetitivo; incluso en un negocio como la Primera Agencia de Mujeres Detectives había cierta uniformidad en las pesquisas que ella y Mma Makutsi llevaban a cabo: si Fulano de Tal era infiel; si un mensajero se inventaba pedidos falsos y luego afirmaba que la factura se había extraviado; si el impresionante currículum laboral de tal o cual persona era completamente falso... Los temas se repetían de vez en cuando, si bien en ocasiones aportaban un toque divertido al caso en cuestión. Como cuando meses atrás le pidieron que comprobara una recomendación de letra casi ilegible y cuya frase final decía así: «Jamás le he oído emplear palabras duras, ni siquiera contra sí mismo». ¿En serio pensaba alguien que en una recomendación de verdad podía poner algo semejante? Estaba visto que sí, desde luego. ¿Qué escribiría ella —en ese estilo— si tuviera que recomendar a Mma Makutsi? «Reparte los donuts con absoluta imparcialidad». Ése, pensó, podía ser un dato importante sobre cualquier persona: la manera de repartir un donut equitativamente como baremo de integridad. Una buena persona lo dividiría en dos partes iguales, mientras que una persona egoísta dejaría un trozo más grande que el otro y se adjudicaría el primero. Mma Ramotswe había presenciado casos así.

En fin, cualquier trabajo tenía una parte repetitiva, y la mayoría de la gente podría corroborarlo. Volvió a mirar al señor J.L.B. Matekoni. Sabía que a su edad muchos hombres se sentían atrapados y empezaban a preguntarse si esto era todo lo que la vida tenía que ofecer. Era comprensible; cualquiera podía pensarlo, y no sólo los hombres, aunque quizá para ellos fuera más duro, puesto que la pérdida de la juventud iba acompañada de la progresiva pérdida de su fuerza física. Las mujeres sabían aceptar mejor estas cosas, pensaba Mma Ramotswe, siempre y cuando no fueran de las que se preocupaban por todo. Si eras de complexión tradicional y poco propensa a inquietarte... Y si bebías mucho té rooibos...

—Yo creo —le dijo al señor J.L.B. Matekoni— que en nuestro trabajo todos tenemos cosas que se repiten. Yo misma me encuentro con cosas que suceden una y otra vez. Dudo que se pueda hacer gran cosa al respecto.

El señor J.L.B. Matekoni no era de los que discutían porque sí, pero si algún rasgo de tozudez había en su carácter, fue ahora cuando se puso en evidencia.

—Discrepo —dijo—. Yo creo que sí se puede hacer algo: probar algo diferente.

Mma Ramotswe guardó silencio y alcanzó su taza de té. Se había enfriado. Mirando al señor J.L.B. Matekoni le pareció impensable que pudiera ser otra cosa que mecánico de coches; era en verdad un excelente mecánico, un hombre que comprendía los motores hasta en sus más sutiles estados de ánimo. Trató de imaginárselo con el atuendo de otro oficio (traje y corbata como un banquero, bata blanca de médico), pero ninguna opción parecía encajar bien y volvió a verlo con su mono de mecánico y las viejas botas de ante cubiertas de grasa, y decidió que nada le sentaba mejor que eso.

El señor J.L.B. Matekoni rompió el silencio.

—No es que piense renunciar a mi oficio, por supuesto. Claro que no. Sé que debo seguir trabajando de mecánico para traer el pan a esta mesa.

Mma Ramotswe dejó entrever su alivio, y él sonrió para tranquilizarla.

—No, lo que pasa es que me gustaría hacer un poquito de detective. Sólo un poco...

«Bueno —pensó ella—, eso parece razonable». Mma Ramotswe no sentía deseos de ponerse a reparar motores, pero no pasaba nada porque él quisiera experimentar la otra parte del negocio.

—¿Sólo para saber cómo es? ¿Para sacárselo de la cabeza? —dijo, con una sonrisa. Muchos hombres, si no todos, creía ella, fantaseaban con hacer algo supuestamente excitante: ser soldado, o agente secreto, o incluso gran amante... Así eran ellos, eso entraba dentro de lo normal.

El señor J.L.B. Matekoni se puso ceñudo.

—No se ría de mí, por favor, Mma Ramotswe.

Ella se inclinó para posar la mano en el brazo de él.

—Yo nunca me reiría de usted, señor J.L.B. Matekoni. Eso no lo haría jamás. Por supuesto que puede encargarse de un caso. ¿Le parece bien lo de Mma Botumile?

—Sí, ése es el caso que yo quiero investigar —dijo él—. Precisamente ése.

—Pues ya es suyo —dijo ella.

Incluso mientras lo decía, Mma Ramotswe tuvo sus dudas, sus recelos. Le preocupaba la reputación de Mma Botumile y no estaba segura de que fuera buena idea poner al señor J.L.B. Matekoni en el camino de una mujer así. Pero ya era demasiado tarde para volverse atrás, de modo que miró el reloj y se puso de pie. Mejor no darle más vueltas, pensó, o tendría problemas para conciliar el sueño.

4

Mma Ramotswe va a Mochudi con el señor Polopetsi en la mini furgoneta blanca

Al día siguiente Mma Ramotswe hizo un viaje a Mochudi. Decidió llevar consigo al señor Polopetsi, pues éste no tenía nada que hacer esa mañana en el taller y ya le había pedido tres veces a Mma Makutsi que le avisara si podía echar una mano en la agencia. A Mma Makutsi no se le había ocurrido ninguna tarea para él, de modo que Mma Ramotswe le había pedido que la acompañara a Mochudi. Le gustaba su compañía, y además sería agradable tener alguien con quien hablar. Otra cosa era que el señor Polopetsi pudiera aportar algo a sus pesquisas; Mma Ramotswe se temía que el hombre nunca llegaría a descollar como detective, pues solía precipitarse en sus conclusiones y actuaba de manera impulsiva. Pero se lo perdonabas por esa seriedad suya, combinada con un cierto aire de vulnerabilidad que despertaba en la gente —sobre todo en las mujeres— un instinto protector. Incluso Mma Makutsi, célebre por su mal genio con los aprendices y que solía hablar a los hombres como si fueran niños, se había rendido ante el señor Polopetsi. «Hay muchos hombres para los cuales no parece haber ninguna razón —le había dicho una vez a Mma Ramotswe—. Pero con el señor Polopetsi es diferente. Aunque esté allí de pie, sin hacer nada, la sensación que recibo es diferente».

«Cosas más chocantes oirás», pensó Mma Ramotswe; claro que Mma Makutsi solía tener este tipo de salidas y a su jefa ya no le sorprendían. Sin embargo, en este caso el comentario fue especialmente insólito dado que el señor Polopetsi se encontraba entonces en la oficina, ocupado en preparar el té. Mma Makutsi debía de haber notado que entraba y olvidado este hecho momentos después. A Mma Ramotswe no le cupo ninguna duda de que las palabras de Mma Makutsi habían llegado a oídos del señor Polopetsi, pues éste dejó de remover el té al instante, y luego, pasados unos segundos, reanudó su tarea, pero haciendo repicar la cuchara dentro de la tetera. Mma Ramotswe se había sentido verdaderamente incómoda, pero hubo de admitir que el comentario de Mma Makutsi no tenía nada de desfavorable para el señor Polopetsi, pese a que éste se escabulló de la oficina sin decir nada, con su tazón de té en la mano y evitando mirar a la autora del dictamen. Por su parte, Mma Makutsi se había limitado a arquear una ceja al darse cuenta de que él la había oído, y a encogerse de hombros como si lo ocurrido fuera algo muy corriente en cualquier oficina.

Para ir a Mochudi tomaron la carretera vieja, porque Mma Ramotswe siempre lo había hecho así y porque había muy poco tráfico. Era una mañana luminosa y el aire era tibio; nada que ver con el calor que llegaría dentro de un mes o dos e iría en aumento hacia finales del año, sino una agradable sensación de sol benévolo en la piel. Al dejar atrás Gaborone, las casas y los terrenos colindantes dieron paso a grandes extensiones de hierba seca salpicada de acacias y de unas matas espinosas a medio camino entre arbusto y árbol. Aquí y allá veían el cauce seco de un arroyo, cicatriz de arena que no cambiaría hasta la estación de las lluvias, cuando un agua de color pardo en rápido movimiento lo convertiría en un verdadero río que, pocos días después, se secaría de nuevo y se iría agrietando al sol.

Viajaron callados un buen trecho. Mma Ramotswe miraba por la ventanilla de la furgoneta blanca, paladeando la sensación de dirigirse a un lugar al que siempre le alegraba ir; Mochudi era su patria chica, el lugar de donde ella procedía y al que sabía que tarde o temprano habría de volver. El señor Polopetsi iba mirando la carretera que se desplegaba ante ellos, absorto en sus pensamientos. Estaba esperando que Mma Ramotswe le aclarase el motivo de este viaje a Mochudi; en la oficina sólo había dicho que tenía que ir allí y que ya se lo explicaría por el camino.

—Este asunto... —empezó, mirándola de reojo.

Mma Ramotswe tenía otra cosa en la cabeza, pensaba en la carretera y en la vez que había viajado por ella en autobús sintiéndose la mujer más desdichada del mundo; pero de eso hacía años, muchos años. Movió las manos sobre el volante.

—Mire, no solemos trabajar en casos donde ha habido algún muerto —dijo—. Somos detectives, sí, pero no de esa clase...

El señor Polopetsi contuvo el aliento. Desde que había entrado a formar parte de la plantilla de la Primera Agencia de Mujeres Detectives —aun en su difusa condición de adjunto—, había estado esperando algo así. A fin de cuentas, ¿los detectives no se dedicaban a investigar asesinatos? Y por fin estaban metidos en un caso así.

—Entonces —dijo en voz baja—, ¿ha habido un asesinato?

Mma Ramotswe casi se echó a reír.

—No, qué va —dijo. Pero de repente se le ocurrió que tal vez se trataba justamente de eso: un caso de asesinato. Tati Monyena había descrito las muertes como «percances», dando a entender que, en el peor de los casos, tal vez se habría producido alguna negligencia; en ningún momento había hablado de homicidio. Sin embargo, cabía esa posibilidad. Recordaba haber leído más de un caso en que un médico (o una enfermera) había matado deliberadamente a un paciente. Se esforzó por recordar detalles, escarbando en los recovecos de su memoria, y por fin dio con ello. Sí, un médico de Zimbabue, concretamente de Bulawayo, se había dedicado a envenenar a gente durante años, empezando cuando todavía estaba cursando estudios en Norteamérica. Existía gente así. ¿Podía ser que alguien semejante se hubiera colado en Botsuana? ¿O se trataba de una enfermera? Ellas también lo hacían, según había leído en alguna parte u oído contar por ahí: eso les daba poder—. Espero que no —dijo, mirando al señor Polopetsi—, pero no se puede cerrar ninguna puerta. Imagino que cabe esa posibilidad.

Estaban a unos quince kilómetros de Mochudi y Mma Ramotswe empleó el resto del trayecto en explicar con detalle al señor Polopetsi lo que le había dicho Tati Monyena: tres viernes, tres muertes inexplicables, todas en la misma cama de hospital.

—No puede ser coincidencia —dijo él, meneando la cabeza—. Esas cosas simplemente no pasan. —Hizo una pausa—. ¿Sabía que yo trabajé hace tiempo en ese hospital, Mma Ramotswe? ¿Se lo había contado?

Mma Ramotswe sabía que el señor Polopetsi había trabajado de auxiliar en la farmacia del hospital Princess Marina, en Gaborone, y de la injusticia que condujo a su reclusión en la cárcel. Pero no sabía que hubiera pasado un tiempo en Mochudi.

—Estuve trabajando allí seis meses —explicó el señor Polopetsi—, andaban escasos de personal. De eso hará unos cuatro años. Estuve en la farmacia. —Bajó la voz al pronunciar esta última palabra, avergonzado, le pareció a ella. Y todo por culpa de un testigo que mintió y que hizo que la culpa recayera sobre el señor Polopetsi. Sí, una verdadera infamia, pero ya habían hablado varias veces de ello y Mma Ramotswe sabía (lo sabían ambos) que no podían hacer nada para remediarlo. «En su corazón, usted es inocente. Y eso es lo que cuenta», le había dicho ella. Y él, tras reflexionar unos momentos había replicado: «Ojalá fuera verdad, pero no lo es. Lo que cuenta, mal que me pese, es lo que piensen los demás».

Ahora, al pasar por las afueras de Mochudi con su rosario de salones de peluquería —visibles desde muy lejos gracias a sus descomunales rótulos pintados a mano—, dejando atrás los desvíos a las casas de la gente que había prosperado en Gaborone y había vuelto al pueblo, la oficina de impuestos y los comercios de todo un poco, el señor Polopetsi dijo, casi como quien piensa en voz alta:

—No me gustaría estar en la piel de sus pacientes.

—¿Sus pacientes? ¿Los pacientes de quién?

—Cuando yo trabajaba en ese hospital había un médico que me caía mal. Caía mal a todo el mundo. Y recuerdo que un día pensé: Si me atendiera ese doctor, yo tendría miedo.

Mma Ramotswe puso una marcha más corta. Un burro acababa de invadir la calzada y les cortaba el paso. El pobre animal estaba derrengado y parecía mirar directamente al sol.

—Ese burro está ciego —dijo el señor Polopetsi—. Fíjese.

Mma Ramotswe torció para esquivarlo.

—¿Por qué? —preguntó al pasar junto a él.

—¿Por qué se queda ahí parado? Bueno, los burros hacen esas cosas. Son así.

—No, no —dijo ella—. Me refería a por qué le daba a usted miedo ese médico.

—A veces tienes un corazonada, sin que venga a cuento —respondió él al cabo de unos segundos—. A lo mejor nos lo encontramos.

—¿Sigue trabajando en el hospital, Rra?

El señor Polopetsi se encogió de hombros.

—El año pasado aún estaba. Me lo dijo un amigo. No sé si continuará ahí. Es posible, porque estaba casado con una mujer de Mochudi. Él es sudafricano, de madre xhosa y padre boer.

Mma Ramotswe se quedó pensando.

—¿Conoce usted a mucha gente del hospital? —preguntó al cabo—. De esa época, quiero decir.

—A mucha, sí.

«Bueno —pensó Mma Ramotswe—, parece que ha sido buena idea traer al señor Polopetsi de copiloto». En un capítulo de sus *Principios básicos para detectives privados,* Clovis Andersen afirmaba que nada podía sustituir al saber local. «Ahorra horas y días en cualquier investigación. Es oro puro».

Mma Ramotswe miró con disimulo a su humilde ayudante. No era fácil pensar en el señor

Polopetsi en términos dorados; se lo veía tan manso, tan poco seguro de sí mismo... Pero como Clovis Andersen solía llevar razón en estas cosas, murmuró la palabra «oro» en voz muy baja.

—¿Cómo? —preguntó el señor Polopetsi.

—No, nada. Ya hemos llegado —dijo Mma Ramotswe.

Tati Monyena estaba muy orgulloso de su despacho, una habitación escrupulosamente limpia y que olía a cera de muebles. En mitad de la consulta había un escritorio grande sobre el cual descansaban un teléfono, tres bandejas para documentos y un pequeño rótulo de madera con la inscripción «Sr. T. Monyena». Una de las paredes estaba ocupada por dos grandes archivadores metálicos, bastante más modernos que los que Mma Ramotswe tenía en su oficina, y justo detrás de la butaca de Tati Monyena, en la pared, había un retrato enmarcado de su excelencia, el presidente de la República de Botsuana.

Mma Ramotswe y el señor Polopetsi tomaron asiento en sendas sillas de respaldo recto, delante de la mesa de Monyena. No le resultó fácil encajar a Mma Ramotswe, de hecho los brazos de la silla se hundían en su talle tradicional. En cambio, el señor Polopetsi, sentado en el borde de la silla, nervioso y con las manos juntas sobre el regazo, apenas si llenaba su asiento.

—Es estupendo que haya podido venir tan pronto —dijo Tati Monyena—. Estamos a su entera disposición. —No supo cómo continuar. Había empezado con un ofrecimiento muy generoso, pero no estaba nada seguro de cómo podía ayudar a Mma Ramotswe. Suponía que ella querría entrevistarse con la gente, pese a que él ya había hablado repetidas veces con las enfermeras de la sala y había mantenido varias conversaciones con los médicos implicados, en esta misma habitación; conversaciones durante las cuales los médicos habían ocupado la silla en donde estaba ahora sentada Mma Ramotswe, insistiendo en que no tenían la menor idea de cómo habían muerto los pacientes en cuestión.

—Me gustaría hablar con las enfermeras —dijo Mma Ramotswe—. Y también me gustaría ver la sala, si es posible.

Tati Monyena alcanzó el teléfono.

—Me ocuparé de que haga ambas cosas, Mma. Yo mismo le mostraré la sala, y luego haré venir aquí a las enfermeras para que pueda usted hablar tranquilamente con ellas.

Mma Ramotswe frunció el entrecejo. No quería ser grosera, pero le parecía mala idea entrevistar a la enfermeras delante de Tati Monyena.

—Sería preferible que las viera a solas —dijo—. Me refiero a que estemos sólo el señor Polopetsi y yo. Pero eso no quiere decir que...

Tati Monyena no la dejó terminar.

—¡Pues claro, Mma! ¡Qué falta de tacto por mi parte! Hablará usted con ellas en privado. Ahora bien, dudo que le digan nada. Cuando las cosas se ponen feas, la gente se vuelve muy prudente. De golpe resulta que nadie vio nada, nadie recuerda nada. Siempre pasa lo mismo.

—Así es la naturaleza humana —intervino el señor Polopetsi. No había abierto la boca hasta entonces, y ambos se lo quedaron mirando.

—Desde luego —dijo Tati Monyena—. Es humano querer protegerse a sí mismo. En ese sentido somos igual que los animales.

—Pero los animales no pueden mentir —dijo el señor Polopetsi.

—Desde luego —dijo Tati Monyena, riendo—. Pero eso es porque no pueden hablar. Creo que si pudieran, probablemente mentirían también. ¿Confesaría un perro, por ejemplo, si hubiera desaparecido un pedazo de carne? ¿Diría «Yo soy el que se ha comido la carne»? Lo dudo mucho.

Mma Ramotswe dudó de entrar o no en la conversación, pero finalmente decidió abstenerse y se quedó sentada esperando a que ellos terminaran.

Entonces Tati Monyena se puso de pie e hizo un gesto en dirección a la puerta.

—La acompaño a la sala de cuidados intensivos y así podrá ver la cama donde ha sucedido todo esto.

Salieron del despacho y enfilaron un pasillo pintado de verde. Olía a hospital, esa mezcla de humanidad y desinfectante, y acompañando a ese olor un sonido de fondo compuesto de voces, un niño llorando, camillas de ruedas rodando por suelos irregulares, zumbido de máquinas. Había carteles en la pared: advertencias sobre enfermedades y cómo prevenirlas; una foto de una herida sangrante. En definitiva, pensó Mma Ramotswe, de eso iba la vida, y los hospitales estaban ahí para que no lo olvidáramos: biología, necesidades humanas, sufrimiento humano.

Se cruzaron con una enfermera. Llevaba una especie de fuente cubierta con un paño manchado y sonrió al tiempo que se apartaba un poco. Mma Ramotswe procuró no mirar la fuente y observar la cara de la enfermera. Tenía un rostro afable, de los que inspiran confianza; no, imaginaba ella, como la cara del médico que había mencionado el señor Polopetsi.

—Esto ha cambiado desde que su padre estuvo aquí —dijo Tati Monyena—. En aquellos tiempos teníamos que apañarnos con muy poco. Ahora está mucho mejor.

—Sí, pero nunca es suficiente, ¿verdad? —dijo el señor Polopetsi—. Conseguimos medicinas para una enfermedad y entonces aparece una nueva; o un nuevo tipo de una ya conocida. El mismo diablo con diferente ropaje. Estoy pensando en la tuberculosis, por ejemplo.

—Sí, tiene usted razón —dijo Tati Monyena—. El otro día, hablando con uno de los médicos del hospital, me dijo: «Pensábamos que habíamos vencido a esa enfermedad. Y ahora...».

«Pero al menos se puede intentar —pensó Mma Ramotswe—. Es todo lo que podemos hacer: intentarlo». Y eso era, sin duda, lo que hacían los médicos. No se rendían ni clamaban al cielo: seguían intentándolo.

Doblaron una esquina. Un niño de tres o cuatro años, vestido con sólo un chaleco, los ojos enormes y la pequeña barriga asomando como un montículo, les cortaba el paso. Había muchos niños así en el hospital, hijos de algún paciente o pacientes ellos mismos. Tati Monyena apenas si se fijó en él. Pero el niño miró a Mma Ramotswe, se le acercó e hizo ademán de cogerle la mano, como es habitual en África. Ella se inclinó y lo tomó en brazos. El niño la miró y arrimó la cabeza a su pecho.

—Su madre murió hace poco —dijo Tati Monyena con voz neutral—. Estamos pensando qué hacer con él. De momento lo cuidan las enfermeras.

El niño alzó los ojos hacia Mma Ramotswe. Ella vio que los tenía vacíos, sin luz. Su piel, notó también, estaba seca.

Tati Monyena esperó a que dejara el niño en el suelo y luego indicó hacia otro pasillo a mano derecha.

—Por aquí —dijo.

Las puertas de la sala estaban abiertas. Era una habitación alargada, con seis camas en cada lado. Al fondo, sentada a una mesa con varios armaritos alrededor, había una enfermera examinando un papel en compañía de otra enfermera, en pie detrás de ella. Hacia la mitad de la sala otras dos enfermeras estaban ajustando las sábanas de una cama y colocando al paciente sobre una montaña de almohadones. Un carrito de medicamentos esperaba junto a los pies de otra cama con su cargamento de frasquitos y cajitas.

Al verlos entrar, la enfermera que estaba al fondo se levantó y fue a recibirlos. Saludó con la cabeza a Mma Ramotswe y el señor Polopetsi, y miró inquisitivamente a Tati Monyena.

—Esta señora se ocupa del... problema —dijo él, haciendo un gesto en dirección a la cama que tenía a su izquierda—. Ya le hablé de ella. —Se volvió hacia Mma Ramotswe—. Le presento a la hermana Batshegi.

Mma Ramotswe estaba observando la expresión de la enfermera. Sabía que los primeros momentos eran muy importantes, cuando la persona aún no ha tenido tiempo para hacerse una composición de lugar. La hermana Batshegi había evitado primero su mirada, bajando la vista al suelo, y luego había alzado los ojos otra vez. ¿Significaba eso algo? Probablemente que no se alegraba mucho de verla. Claro que, por sí solo, eso no le decía gran cosa. La persona que está ocupada en alguna tarea —como sin duda había sido el caso de la hermana— no suele querer que la interrumpan.

—Mucho gusto, Mma —dijo la hermana Batshegi.

Mma Ramotswe respondió al saludo y luego le preguntó a Tati Monyena si aquella era la cama.

—En efecto —dijo él. Miró a la hermana Batshegi—. ¿Algún paciente ha ocupado esta cama en los últimos días?

La enfermera negó con la cabeza.

—Ninguno. El último fue la semana pasada, ese hombre que tuvo un accidente de moto cerca de Pilane. Se recuperó muy rápido. —Se dirigió a Mma Ramotswe—. Cada vez que veo una moto, Mma, me acuerdo de los jóvenes que nos llegan aquí... Ah, pero ellos nunca piensan en que eso les puede pasar a ellos, qué va.

—Los jóvenes muchas veces no piensan —dijo Mma Ramotswe—. Es inevitable. Por eso son jóvenes. —Se acordó de los aprendices y pensó que eran un magnífico ejemplo de lo que acababa de decir. Confiaba, sin embargo, en que pronto empezarían a utilizar sus neuronas, incluido Charlie. Miró la cama, su pulcra sábana blanca. Aunque estaba limpia, tenía algunas manchas, las manchas de sangre que la lavandería del hospital no había podido eliminar. Junto al cabezal vio una máquina con tubos y esferas sobre un soporte.

—Eso es un respirador —dijo Tati Monyena—. Es un aparato para la respiración asistida. Los tres pacientes... —No terminó la frase y se vio que miraba a la hermana buscando una confirmación—. Los tres pacientes estuvieron conectados a la máquina. Pero se hizo una comprobación a fondo y todo estaba en orden.

La hermana Batshegi asintió con la cabeza.

—Sí, la máquina funcionaba bien. También comprobamos la alarma. Tiene una pila, y su estado era correcto. Si la máquina hubiera fallado por algún motivo, lo habríamos sabido.

—Ya puede descartar el respirador —dijo Tati Monyena—. La causa no fue la máquina.

Así opinó también la hermana Batshegi.

—Desde luego, la máquina no fue. Tuvo que ser otra cosa.

Mma Ramotswe miró a su alrededor y vio que uno de los pacientes del fondo de la sala estaba llamando con una voz resquebrajada y triste. Una enfermera fue rápidamente a ver qué quería.

—He de seguir con lo mío —dijo la hermana Batshegi—. Mire usted cuanto quiera, Mma, pero no va a encontrar nada. No hay nada que ver aquí, esto no es más que una sala de hospital.

Mma Ramotswe y el señor Polopetsi hablaron por segunda vez con la hermana y otras dos enfermeras en el despacho de Tati Monyena. Estaban a solas, como éste había prometido, pero por la ventana lo vieron en el patio, mirándose nervioso el reloj y toqueteando los bolígrafos que llevaba prendidos del bolsillo de su camisa. La hermana Batshegi dijo poco más de lo que ya había dicho en la sala, y las otras dos enfermeras (ambas estaban de servicio al producirse las incidencias) no parecían dispuestas a soltar prenda. Sólo dijeron que aquellas muertes habían sido una sorpresa, pero que eso siempre podía pasar con pacientes gravemente enfermos. Ninguna de las dos se encontraba cerca de la cama en cuestión en el momento de los hechos, dijeron, pero se apresuraron a añadir que tenían bien controlados a los pacientes. «Si hubiera ocurrido algo raro, nos habríamos enterado —dijo una de las enfermeras—. No es culpa nuestra, Mma. No es culpa nuestra».

La entrevista duró poco y Mma Ramotswe se quedó un rato a solas con el señor Polopetsi mientras Tati Monyena regresaba.

—Esas enfermeras están asustadas —dijo el señor Polopetsi—. ¿Se ha fijado en la cara que ponían? ¿El tono de voz?

Mma Ramotswe le dio la razón.

—Sí, pero ¿de qué están asustadas? —preguntó.

—Les da miedo alguna persona —dijo el señor Polopetsi tras reflexionar unos segundos—. Alguien que no sabemos las tiene asustadas.

—¿La hermana Batshegi?

—No. Ella no.

—¿Quién, entonces? ¿Tati Monyena?

Al señor Polopetsi no le pareció probable.

—Lo veo más protegiendo al personal que metiéndoles miedo —dijo—. Tati Monyena es un hombre bueno.

—Yo no sé qué pensar —dijo Mma Ramotswe—, pero, en fin, es hora de irnos. Me parece que aquí ya no podemos hacer nada más.

Regresaron a Gaborone. Hablaron de cosas, pero no del hospital, pues ninguno de los dos tenía mucho que decir al respecto. El señor Polopetsi explicó a Mma Ramotswe que uno de sus hijos había salido muy bueno en matemáticas.

—Es como una calculadora —dijo—. Con sólo ocho años, ya hace cálculos mentales que yo sería incapaz de hacer.

—Estará muy orgulloso de él, Rra —dijo Mma Ramotswe.

—Y que lo diga —respondió alborozado el señor Polopetsi—. Mi hijo es la cosa más preciosa que tengo. —Pareció que iba a añadir algo más, pero se quedó mirando a Mma Ramotswe como si dudara, y ésta supo que se disponía a hacer una petición. Dinero, supuso ella. Para pagar el colegio, o un par de zapatos nuevos, o incluso una manta; los niños necesitan cosas así en todo momento.

—Mi hijo necesita una madrina —dijo el señor Polopetsi—. Tenía una, pero falleció. Y ahora necesita otra.

La respuesta sólo podía ser una:

—Descuide —dijo Mma Ramotswe—. Cuente con ello, Rra.

A partir de ahora habría cumpleaños, además de zapatos, matrículas y todo eso. Pero no siempre podemos escoger qué personas tendrán que ver con nosotros; estas cosas suceden sin que uno lo planee, y Mma Ramotswe lo comprendía muy bien. Y así como ella no había escogido al hijo del señor Polopetsi, pensó, tampoco el niño la había elegido a ella.

Capítulo
5

Zapatos de despedida

Mma Makutsi estaba ansiosa por oír noticias frescas. Ella habría preferido ocupar el sitio del señor Polopetsi, de quien pensaba que no habría aportado gran cosa a la investigación. Pero no quería que Mma Ramotswe se molestara, después de los malentendidos del día anterior, de modo que se reservó su opinión. De hecho, hizo más que eso y le dijo a Mma Ramotswe que había tenido una buena idea al llevar consigo al señor Polopetsi. «A veces la gente no te toma en serio, por ser mujer —dijo—, y ahí es cuando viene bien tener un hombre a mano».

Mma Ramotswe no dijo ni sí ni no; ella pensaba que los hombres estaban aprendiendo y que muchas cosas habían cambiado. Tal vez Mma Makutsi estaba librando batallas que ya habían sido ganadas, al menos en las ciudades. Naturalmente, en los pueblos y aldeas la cosa era diferente; allí los hombres seguían pensando que podían hacer lo que les viniera en gana. Pero ella tenía la cabeza en otras cosas: había estado meditando la propuesta del señor J.L.B. Matekoni y se preguntó si podría sugerir discretamente que Mma Makutsi le echara una mano en la investigación. Podía probar, naturalmente, pero no estaba segura de cómo se lo tomaría él; de hecho, estaba casi convencida de que no le gustaría nada la idea. El señor J.L.B. Matekoni no era quizá el más expresivo de los hombres, pero de vez en cuando su susceptibilidad afloraba a la superficie.

—Sea como sea —le dijo a Mma Makutsi mientras se ponían a mirar el correo—, en el hospital no había gran cosa que averiguar. Visité la sala donde ocurrieron las muertes. Hablé con las enfermeras, que casi no dijeron nada. Y ya está.

—¿Qué se puede hacer ahora? —preguntó Mma Makutsi.

No le fue fácil a Mma Ramotswe responder. Muy raramente renunciaba a un caso, pues si uno tenía paciencia, al final encontraba la solución. Pero saber en cada momento cuál sería el siguiente paso, no era nada fácil—. No hay prisa, Mma —dijo—. Esperaré a ver qué pasa.

—Oh, pues qué quiere que le diga —replicó Mma Makutsi—. Estas cosas no se resuelven solas.

Mma Ramotswe se mordió el labio y volvió a la carta que acababa de abrir. Era de los padres de un joven a quien ella había conseguido localizar en Francistown. Se había producido una riña familiar y el chico había desaparecido sin dejar rastro. Por lo visto había una chica, una novia, de la que los padres no tenían noticia, y fue ella quien finalmente confesó a Mma Ramotswe que el chico estaba en Francistown, aunque no sabía exactamente dónde. Mma Ramotswe le había preguntado por sus aficiones y demás, y ella le había mencionado, entre otras cosas, el jazz. A partir de ahí sólo tuvo que averiguar el único local donde se tocaba jazz en Francistown, y sí, sabían quién era, y precisamente tocaría allí la noche siguiente. Mma Ramotswe declinó la invitación a asistir al concierto, pero quienes sí asistieron fueron los padres del chico. Una vez reunida la familia, supieron que él había querido ponerse en contacto, pero que su orgullo se lo había impedido. Ahora, sin embargo, se sentía compensado por el hecho de que sus padres se hubieran trasladado desde Gaborone para ir a verle. Hicieron las paces y empezaron de cero, que era como muchos de los problemas del mundo, pensaba Mma Ramotswe, se podían solucionar:

perdonándonos los unos a los otros y volviendo a empezar. Pero ¿qué pasaba cuando los que necesitaban ser perdonados se aferraban a las cosas que habían adquirido de mala manera, eh? Eso, se dijo a sí misma, requería dedicar unas horas más de reflexión.

—Tan fácil como es dar las gracias —dijo, pasándole la carta a Mma Makutsi—, y la mayor parte de la gente no se toma la molestia de hacerlo. Muchos dan por sentado que los demás han de desvivirse por ellos.

Mma Makutsi apartó la vista. Su jefa le había hecho muchos favores, y ella, Mma Makutsi, no le había escrito nunca para agradecérselo. ¿Se lo estaba echando en cara? ¿Podía Mma Ramotswe guardarle rencor? La miró disimuladamente y decidió que era altamente improbable. No, Mma Ramotswe no podía guardarle rencor a nadie... porque se echaría a reír, o bien ofrecería al objeto de su rencor una taza de té, o haría algo para indicar que la cosa no iba en serio.

Tras leer la carta, Mma Makutsi preguntó:

—¿Dónde tengo que archivarla, Mma? No hemos abierto ninguna carpeta para cartas de agradecimiento. Para quejas, sí, desde luego. ¿La meto ahí?

A Mma Ramotswe no le pareció buena idea. Podían abrir una carpeta nueva, pero sus archivadores estaban ya a rebosar, y creyó que no valía la pena abrir otra carpeta donde tal vez no iban a guardar ninguna carta más.

—La tiramos y ya está —dijo.

Mma Makutsi torció el gesto.

—En la Escuela de Secretariado Botsuana nos enseñaron a no tirar nada al menos durante una semana. Podría venir otra carta parecida...

—Lo dudo mucho —dijo Mma Ramotswe—. No habrá continuación. Ese caso está cerrado.

Mostrando su desagrado, Mma Makutsi sostuvo la carta sobre la papelera y luego la dejó caer. Justo en ese momento la puerta de la oficina se abrió: era Charlie, el mayor de los dos aprendices. Se había quitado el mono de faena y lucía unos vaqueros y una camiseta. Mma Ramotswe se fijó en el estampado: una foto de un avión a reacción y debajo el eslogan en mayúsculas grandes: TRIUNFADOR.

—Parece que hoy has terminado pronto, ¿eh? —le dijo Mma Makutsi— Sólo son las diez de la mañana. ¡Hay que ver lo rápido que eres trabajando, Charlie!

El joven hizo caso omiso y se aproximó a la mesa de Mma Ramotswe.

—Usted siempre ha sido buena conmigo, Mma Ramotswe —empezó, sin privarse de lanzar una mirada hacia la otra mesa—. Vengo a despedirme. Pronto dejaré este trabajo. Me marcho. He venido a decir adiós.

Mma Ramotswe estaba boquiabierta.

—Pero si no has terminado el... el...

—El aprendizaje —colaboró Mma Makutsi desde su lado de la oficina—. ¡Qué chico más tonto! Cómo te vas a marchar sin haber terminado.

Charlie tampoco hizo caso esta vez. Continuó mirando a Mma Ramotswe.

—Sí, ya sé que no he terminado el aprendizaje —dijo—. Pero sólo tiene sentido terminarlo si quieres ser mecánico. ¿Y quién ha dicho que yo quiera ser mecánico?

—¡Tú! —gritó Mma Makutsi—. Al firmar el contrato dijiste que querías aprender a ser mecánico. Es lo que pone en esos papeles, por si no lo sabías.

Mma Ramotswe levantó una mano exigiendo una tregua.

—No hace falta que le grite, Mma —dijo sin alzar la voz—. Charlie nos lo va a explicar, ¿verdad, Charlie?

—No soy sordo, ¿se entera? —dijo él, en dirección a su enemiga—. Además, no estaba hablando con usted. Aquí hay dos mujeres: Mma Ramotswe y... la otra. Yo estaba hablando con Mma

93

Ramotswe. —Miró a ésta de nuevo—. Me voy a dedicar a otra cosa. A los negocios.

—¡Negocios! —rió Mma Makutsi—. Pues seguro que pronto necesitarás una secretaria.

—Sí, pero no se haga ilusiones —le espetó Charlie—. Con o sin setenta y nueve por ciento, nunca le daría el trabajo. ¿O cree que estoy loco?

—¡Noventa y siete por ciento! —le gritó Mma Makutsi—. ¿Lo ves? Ni siquiera entiendes de números. ¡Menudos beneficios vas a tener!

—Hagan el favor de no gritarse más —cortó Mma Ramotswe—. A los gritos no se consigue nada; sólo sirve para desgañitarse y que todo el mundo acabe enfadado.

—Si yo no he sido... —dijo Charlie—. La que gritaba era otra persona, una con una gafas grandotas. Yo no.

Mma Ramotswe suspiró. La culpa de esos roces la tenía Mma Makutsi. Era mayor que Charlie, y debería haber sido más benévola con el muchacho; debería haberlo animado a ser un poquito mejor; debería haber comprendido que los jóvenes son así y que uno tiene que ser tolerante.

—Dime, Charlie —dijo—. ¿Y a qué clase de negocio piensas dedicarte?

Charlie tomó asiento delante de Mma Ramotswe, se inclinó al frente y apoyó los brazos en la mesa.

—El señor J.L.B. Matekoni me ha vendido un coche —dijo, pero con un hilo de voz, a fin de que Mma Makutsi no pudiera oírlo—. Es un Mercedes-Benz viejo, un E220. El dueño se compró un modelo nuevo, un clase C, y como el otro tenía tantos kilómetros, se lo vendió muy barato al jefe. Veinte mil pulas. Y ahora el jefe me lo ha vendido a mí.

—Bueno, ¿y...? —dijo Mma Ramotswe. Había visto el coche en el taller y se había fijado en que llevaba aparcado en el mismo sitio más de dos semanas. Supuso que estarían esperando la llegada de alguna pieza procedente de Sudáfrica. Por lo visto, había otros planes para el coche.

—Voy a montar un servicio de taxi —dijo Charlie—. Se llamará Primera Agencia de Taxis para Mujeres.

Se oyó una exclamación en el otro extremo de la oficina.

—¡No puedes hacer eso! Sería usurpar un nombre que pertenece a Mma Ramotswe.

Esta última, todavía perpleja, miró de hito en hito a Charlie. Pero luego se puso a pensar. El nombre, cómo no, derivaba del de la agencia, pero ¿qué había de malo en ello? Según se mirara, que alguien utilizara un nombre inventado por ti era un cumplido. El problema sería si el nombre lo utilizara una empresa del mismo ramo, en este caso una agencia de detectives privados que quisiera robarles la clientela. Pero una empresa de taxis y una agencia de detectives eran dos cosas muy diferentes, no podía existir competencia entre ellas.

—No me importa —le dijo a Charlie—. Pero me gustaría saber por qué has elegido ese nombre. El taxi lo conducirás tú; ¿qué pintan ahí las mujeres?

Charlie, que se había puesto tenso con el exabrupto de Mma Makutsi, se relajó visiblemente.

—Las mujeres, las damas, viajarán en el asiento de atrás.

—Oh —dijo Mma Ramotswe, sin entender—. ¿Y?

—Y yo iré al volante, claro —dijo él—. La gracia del negocio consiste en que mi taxi es un taxi seguro para el sexo femenino. Las damas podrán montar en él sin temor a encontrarse con un conductor que sea un mal hombre, un taxista poco seguro para ellas. Los hay así, Mma.

Se produjo un largo silencio. Mma Ramotswe reparó en el sonido que hacía Charlie al respirar, una respiración somera que traslucía su excitación. «No olvidemos —pensó—, lo que es ser joven y entusiasta, lo que es tener una meta, un sueño». Siempre había el peligro de olvidarse de eso a medida que uno se hacía mayor; la prudencia —cuando no el miedo— sustituía al optimismo y al arrojo. Cuando uno era joven, como Charlie, creía que podía hacer cualquier cosa, y así era, al menos en según qué circunstancias.

¿Por qué no iba a prosperar la empresa de taxis de Charlie? Le vino a la cabeza lo que había hablado un día con su amigo Bernard Ditau, quien fuera director de banco. «Hay muchísimas personas capaces de tener un negocio propio —dijo él—, pero van diciendo que la cosa no funcionará; es decir, se rinden antes de empezar».

Bernard la había animado a lanzarse con la Primera Agencia de Mujeres Detectives, cuando otras personas se limitaron a reírse de ella y a decir que sería la manera más rápida de perder el dinero que le había dejado en herencia Obed Ramotswe. «Con la de años que trabajó, tu pobre papá, y ahora tú te vas a pulir el dinero en dos o tres meses». Ese comentario la había convencido casi de renunciar al proyecto, pero Bernard le preguntó: «¿Y si Obed no hubiera comprado todas esas estupendas vacas? ¿Y si le hubiera vencido la indecisión y hubiera dejado el dinero quieto, acumulando polvo?».

Ahora, en cierto modo, le tocaba hacer el papel de Bernard. No cabía la menor duda de que Mma Makutsi iba a hacer todo lo posible por echar un jarro de agua fría sobre los planes de Charlie, pero decidió no actuar así.

—Les diré a todos mis amigos y amigas que usen tu taxi —dijo—. Vas a tener mucho trabajo.

Charlie se puso muy contento.

—Lo tendré en cuenta y les haré una rebajita —dijo—. Un diez por ciento a todo aquel que conozca a Mma Ramotswe.

—Es un detalle —dijo Mma Ramotswe con una sonrisa—, pero así no sacarás adelante el negocio. Necesitarás hasta la última pula que puedas ganar...

—Eso, si es que ganas alguna —murmuró Mma Makutsi.

Mma Ramotswe la miró de mala manera, diciendo:

—Estoy segura de que las cosas le irán bien.

Una vez que Charlie se hubo marchado, Mma Ramotswe se puso a juguetear con unos papeles que tenía sobre la mesa. De vez en cuando miraba a Mma Makutsi, la cual evitó en todo momento mirarla desde su propia mesa mientras hojeaba su libreta de mecanografía como si contuviera algún importante secreto.

—Mma Makutsi —dijo—. Es necesario que hablemos.

—Aquí me tiene —respondió Mma Makutsi—. La escucho.

Mma Ramotswe notó que el pulso se le aceleraba. «No se me dan bien estas cosas», pensó para sus adentros.

—Ese joven, Charlie —dijo—, es igual que cualquier otro joven. Tiene sueños, como los tuvimos todos a su edad. Usted incluida, Mma Makutsi. Recuerde cuando estudiaba en la Escuela de Secretariado Botsuana y los sacrificios que hubo de hacer, no sólo usted sino también su familia. Quiso ser alguien, salir adelante, y lo consiguió. —Hizo una pausa. Mma Makutsi había dejado el cuaderno encima de su mesa y estaba muy quieta.

—Las cosas le han salido bien, Mma —prosiguió Mma Ramotswe—. Tiene una casa propia. Está prometida. Tendrá dinero en cuanto se case con él. Pero no olvide que hay muchos que todavía no tienen lo que usted. No debe olvidarlo.

—¿Y a qué viene ahora todo eso? —interrumpió Mma Makutsi—. Yo sólo estaba apuntando algo que me parece obvio, Mma. Ese negocio del taxi fracasará porque ese chico es un inútil. Cualquiera puede verlo.

—¡No! —saltó Mma Ramotswe—. ¡Usted no puede decir que Charlie es un inútil!

—Claro que puedo —replicó Mma Makutsi—. Porque es la pura verdad. Su problema, Mma Ramotswe... —Hizo una pausa—. Su problema es que es usted demasiado buena. Permite que esos chicos se salgan con la suya sólo porque se pasa de buena. Pues, mire, yo soy realista. Veo las cosas como son.

—Ah —dijo Mma Ramotswe. Y luego dijo otra vez—: Ah.

—Ya ve usted, Mma. —Mma Makutsi hizo otra pausa—. Y ahora renuncio a mi puesto. Ya no tengo que trabajar en la agencia y he decidido que es el momento de dimitir. Le agradezco mucho todo lo que ha hecho por mí. Confío en que le resulte fácil de manejar el sistema de archivo. Cuando yo me marche, lo encontrará todo en su debido sitio.

Y dicho esto se puso de pie y caminó hacia la puerta. Se detuvo, no obstante, y volvió a su mesa a revolver en uno de los cajones. Mma Ramotswe advirtió que llevaba zapatos nuevos: unos zapatos de ante color borgoña con lacitos en la puntera. No eran unos zapatos de persona humilde, pensó. No, esos zapatos eran... y de repente se le ocurrió cómo definirlos. Eran zapatos de despedida.

6

Ve en paz; queda en paz

El señor J.L.B. Matekoni había vivido otras crisis. Por regla general tenían que ver con su oficio: clientes consternados, desesperados por tener el coche a punto para una ocasión especial; piezas de repuesto que no llegaban; piezas de repuesto que, cuando por fin llegaban, no eran las que tú habías pedido. En fin, situaciones complicadas podían darse de muy diversas maneras en un taller, pero había descubierto que la mejor respuesta a todas ellas era siempre la misma. Sentarse y ponerse a analizar las cosas con calma. De este modo, no sólo le era más fácil dar con la solución, sino que le permitía recordarse que el problema siempre era menos grave de lo que parecía; todo dependía del punto de vista. Sentarse y ponerse a mirar el cielo —no una parte concreta del mismo sino el cielo en general—, el vasto y embriagador cielo vacío de Botsuana, reducía los problemas humanos a su mitad. No era posible, claro está, decir qué había en ese cielo, al menos durante el día; pero por la noche descubría en él un océano de estrellas, tan blanco como infinito; y sus dimensiones eran tales que cualquiera de nuestras contrariedades, incluso la más grande, parecía una menudencia. Sin embargo, pensaba el señor J.L.B. Matekoni, nunca queremos ver las cosas así y por eso nos parece que un tubo de la gasolina atascado es una catástrofe.

El señor J.L.B. Matekoni no quería que Charlie presentara su renuncia, pero al preguntarle el muchacho por la posibilidad de usar aquel coche como taxi, había reprimido las ganas de decirle que no. Eso al menos habría resuelto el problema a corto plazo; habría puesto fin a los planes de Charlie de montar un negocio, pero de ningún modo habría echado por tierra sus esperanzas. Así pues, tras acceder a su propuesta, había visto iluminarse la cara del joven. El señor J.L.B. Matekoni tenía sus dudas respecto a la viabilidad del proyecto; con los taxis se conseguía muy poco beneficio, a menos que uno cobrara tarifas muy elevadas (como era el caso de algunos taxistas) o condujera demasiado deprisa (cosa que hacían todos ellos). Charlie se había sacado el permiso de conducir, pero el señor J.L.B. Matekoni confiaba escasamente en su pericia. Un día, yendo juntos a recoger un pedido de piezas y tras haber dejado que Charlie se pusiera al volante de la camioneta, había tenido que obligarlo a parar.

—No tenemos ninguna prisa —le dijo—. Esas piezas no se van a mover de ahí. Y no hay chicas cerca a las que puedas impresionar.

El aprendiz había permanecido en silencio, y de morros, de nuevo en el asiento del copiloto.

—Mira, siento tener que reñirte —dijo el señor J.L.B. Matekoni—, pero mi tarea consiste en darte buenos consejos. Es lo que debe hacer quien enseña a un aprendiz.

Esa conversación le vino ahora a la cabeza. De haber cumplido con su deber, habría tenido que advertir a Charlie de que era una tontería no completar el aprendizaje. Le habría enumerado los riesgos de montar un negocio propio: los problemas de liquidez, la dificultad para conseguir préstamos. Y después le habría advertido sobre las deudas incobrables que incluso un taxista debía de sufrir, como cuando el pasajero escapaba del coche sin pagar la carrera o cuando, al término de un trayecto, confesaba no llevar encima dinero suficiente y preguntaba si no se conformaría el taxista con cinco pulas...

Pero el señor J.L.B. Matekoni no había hecho —ni dicho— nada de esto. De todos modos, la partida de Charlie tampoco era el fin del mundo. Si lo del taxi no funcionaba, el chico siempre podía volver a Speedy Motors y reanudar su aprendizaje, como había hecho la vez anterior. Fue en aquella ocasión en que se largó con una mujer casada para volver al poco tiempo, con el rabo entre las piernas, cuando la cosa terminó como tenía que terminar. Eso demostraba, pensó, la manera de funcionar de estos jóvenes: se recuperaban como si tal cosa.

Ahora bien, la partida de Mma Makutsi era un asunto mucho más serio. Había presentado su renuncia poco después del té, cuando el señor Polopetsi y él entraron en la oficina tazón en mano, esperando encontrarse el té ya preparado. Sin embargo, lo que vieron fue a Mma Ramotswe sentada a su mesa con la cabeza entre las manos, y a Mma Makutsi pasando el contenido de un cajón a una bolsa de plástico grande. La ayudante levantó la vista al entrar ellos.

—Todavía no he hecho el té —dijo—. Tendrán que apañarse solos.

El señor Polopetsi miró de reojo al mecánico; le tenía algo más que respeto a Mma Makutsi, y temía sus cambios de humor. «Es muy voluble —le había explicado el señor Polopetsi a su esposa—. Muy inteligente, pero voluble. Puede cambiar de un momento a otro. Por eso hay que tener cuidado con ella».

El señor J.L.B. Matekoni miró a Mma Ramotswe, pero ésta, al alzar los ojos, se limitó a señalar con la cabeza hacia el hervidor.

Mma Makutsi continuó con su tarea de vaciar cajones.

—No he puesto el agua a hervir porque dejo esto. Definitivamente.

El señor Polopetsi tuvo un sobresalto.

—¿Deja de preparar el té?

—Eso y todo lo demás —replicó Mma Makutsi—. Imagino que de ahora en adelante, Rra, va a tener más oportunidades para investigar. Confío en que el señor J.L.B. Matekoni le eximirá de sus deberes en el taller.

El efecto de este comentario sobre el señor Polopetsi fue instantáneo. Si había deseado ocultar su anhelo por ocupar el puesto de Mma Makutsi, tal deseo sucumbió al puro y evidente contento de pensar en nuevas pesquisas. Y Mma Makutsi, al darse cuenta de ello, decidió ir aún más lejos.

—Ahora que lo pienso —dijo, cerrando de mala manera el cajón—, ¿por qué no ocupa ya mi escritorio? Venga, pruebe esta silla. La puede subir un poco si gira esto de aquí, ¿ve? Es para personas bajas como usted, señor Polopetsi.

El aludido dejó su tazón encima de la mesa de Mma Makutsi y pasó a examinar la silla.

—Está bien —dijo—. Ya la ajustaré. Parece que no iría mal engrasarla un poco, en el taller tenemos aceite de sobra, ¿verdad, señor J.L.B. Matekoni?

Pretendía ser una broma, y el señor J.L.B. Matekoni sonrió débil y obedientemente. Volvió a mirar a Mma Ramotswe, que tenía la vista clavada en su ex ayudante, y no con buenos ojos. El señor J.L.B. Matekoni, pensando que lo mejor sería salir de la oficina, le dijo al señor Polopetsi:

—Creo que podríamos dejar el té para un poco más tarde, Rra. Las señoras están ocupadas.

—Pero Mma Makutsi... —empezó el señor Polopetsi, callando de inmediato al ver la cara que ponía su jefe. Luego cogió su tazón y siguió al señor J.L.B. Matekoni hacia el taller.

Una vez que la puerta de la oficina se hubo cerrado, Mma Ramotswe habló así a Mma Makutsi:

—Lo lamento mucho. Lo siento si la he ofendido, Mma. Sabe bien que me merece usted mucho respeto. Lo sabe, ¿verdad? Nunca me atrevería a ser grosera con usted. Nunca en la vida.

Mma Makutsi estaba inclinándose para coger su bolso. Se enderezó y pareció dudar, como si buscara palabras adecuadas.

—Sí, lo sé, Mma —dijo al fin—. En realidad soy yo quien ha sido grosera. Pero la decisión está tomada. He decidido que estoy harta de ser la número dos. He sido siempre la número dos, toda mi vida. Pues bien, a partir de ahora seré mi propia jefa. —Hizo una pausa—. No estoy diciendo que sea usted una mala jefa, todo lo contrario. Usted es buena. No se pasa el rato diciéndome lo que he de hacer. Pero quiero poder decir lo que se me antoje. Eso no he podido hacerlo nunca, jamás. Toda la vida, cuando vivía en Bobonong, y después aquí, me ha tocado ser la que debía medir sus palabras. Y ya no quiero pasar por eso. ¿Me comprende, Mma?

—Sí, eso lo entiendo. Usted es muy inteligente, Mma. Y tiene un papel que lo demuestra. —Señaló el diploma enmarcado donde podían leerse, incluso desde el otro extremo de la habitación, las palabras «noventa y siete por ciento»—. No olvide llevarse eso.

Mma Makutsi miró el diploma y dijo:

—Usted podría haber conseguido uno fácilmente, Mma.

—Sí, pero no tengo ningún diploma —dijo Mma Ramotswe—. En cambio, usted sí.

Siguió un breve silencio.

—¿Quiere que me quede? —preguntó Mma Makutsi. Esta vez hubo indecisión en su tono de voz.

Mma Ramotswe abrió las manos en un gesto de beneplácito.

—No creo que deba hacerlo, Mma —dijo—. Necesita un cambio. Me encantaría que se quedara, pero me parece que usted ya ha decidido que necesita cambiar de aires.

—Es posible —dijo Mma Makutsi.

—Pero vendrá a verme de vez en cuando, espero.

—Por supuesto. Y usted vendrá a mi boda, ¿no? Y el señor J.L.B. Matekoni, claro. Le reservaré un asiento en primera fila, Mma Ramotswe, con la familia.

No quedaba otra cosa que hacer más que descolgar el diploma de la pared. Luego, las dos pudieron ver el trozo más claro, donde había estado todo aquel tiempo. Sí, Mma Makutsi llevaba en la agencia desde el principio, desde los días difíciles en que las gallinas entraban en la oficina y se ponían a picotear alrededor de las mesas.

Se despidieron de la manera más educada, tal como prescribía la tradición. *Tsamaya sentlê* («Ve en paz»). La respuesta correcta era: *Sala sentlê*

(«Queda en paz»). Eran palabras simples, por supuesto, pero también intensas cuando, como ahora, eran dichas con el corazón. Mma Ramotswe intuía que Mma Makutsi se arrepentía de su decisión y en el fondo no quería irse; habría sido fácil pararle los pies, decírselo cuando estaba descolgando el diploma, proponerle que a partir de ahora se encargaría ella, Mma Ramotswe, de hacer el té. Pero le pareció que era tarde para eso. A veces uno sabía, como Mma Makutsi ahora, cuándo era necesario dar un paso adelante, pasar a otra fase de la vida. Y, en tales casos, no ayudaba que los demás se pusieran en contra. Así pues, no hizo nada por impedir que Mma Makutsi se marchara, y no fue hasta que llevaba unos diez minutos a solas, cuando Mma Ramotswe rompió a llorar. Lloró por la pérdida de su amiga y colega, pero también por todo lo que había perdido en la vida y que ahora, inesperadamente, le venía a la cabeza en un torrente de recuerdos: su padre, Obed Ramotswe, aquel gran hombre ya fallecido; el hijo al que tan poco tiempo pudo conocer, un tiempo tan precioso; Seretse Khama, que había sido un padre para el país entero y que había hecho de Botsuana uno de los mejores lugares del planeta; lloró también por su infancia. En ese momento quería recuperarlo todo, como nos ocurre a veces cuando nos dejamos llevar por la pena y la irracionalidad.

¿Cómo hace uno para ser más fascinante?

Si puedo arreglar un coche —se dijo a sí mismo el señor J.L.B. Matekoni—, también puedo hacer algo tan sencillo como averiguar si un hombre sale con una mujer». No obstante, ahora que había dado inicio a sus pesquisas, ya no estaba seguro de si iba a ser tan pan comido como se había imaginado. Podría haber pedido consejo a Mma Ramotswe, pero ella bastante tenía con lidiar con las consecuencias del vacío dejado por Mma Makutsi, y no quiso añadir problemas. En cuanto al taller, a Charlie todavía le quedaba una semana de trabajo (el señor J.L.B. Matekoni podría haber insistido en que tenía que ser un mes, pero no quiso forzar las cosas). Por fortuna, como era una época tranquila —vacaciones escolares, momento en que la gente solía no encontrar fallos en sus coches y dejar de lado cualquier idea sobre mantenimiento o pupilaje—, no habría problema en tomarse unas horas libres en caso de necesidad. Por lo demás, el otro aprendiz era ligeramente más de fiar que Charlie y empezaba a apañárselas con algunas tareas de rutina; y el señor Polopetsi estaba dando muestras de ser un mecánico innato. Naturalmente, aspiraba a ocupar el puesto de Mma Makutsi, aunque el señor J.L.B. Matekoni no creía que sus ambiciones fueran a hacerse realidad. Mma Makutsi había pasado muchas horas archivando y escribiendo a máquina, y no se imaginaba al señor Polopetsi en tareas tan mundanas, pues lo que quería era hacer averiguaciones, salir a investigar. Y, por lo que había dicho al respecto, no era muy probable que Mma Ramotswe estuviera ansiosa por encargarle ese tipo de cometidos.

Sentirse seguro de uno mismo estaba muy bien, pero cuando subías los escalones del President Hotel para entrevistarte por primera vez con el cliente, notabas un cierto nerviosismo. Era algo así como cuando, de aprendiz, desmontabas un motor por primera vez tú solo y le ponías segmentos de compresión nuevos. ¿Volvería a encajar bien todo? ¿Funcionaría el motor? Giró la cabeza y observó la escena que se desarrollaba en la plaza. Había puestos de venta —en muchos casos, simples cajas puestas del revés, o alfombras extendidas sobre el pavimento— ofreciendo sus mercancías a los transeúntes: peines, preparados para el cabello, baratijas, tallas de madera. En una esquina había un corro de personas en torno a un vendedor de medicamentos tradicionales, atentas a las explicaciones del encorvado herbolario acerca de las virtudes de cortezas y raíces. Bueno, él al menos sabía de qué estaba hablando, pensó el señor J.L.B. Matekoni; él al menos hacía lo que había hecho toda la vida, y no como ésos a los que, ya adultos, les da por querer ser detectives privados...

Terminó de subir la escalinata y penetró en el fresco de la galería del hotel. Vio que sólo estaban ocupadas unas pocas mesas y en seguida divisó a Mma Botumile, sentada al fondo con una taza de café. Se quedó quieto unos instantes e inspiró hondo. Ella levantó la vista, lo reconoció y le indicó la silla que tenía al lado.

—Llevo un rato esperando, Rra —dijo Mma Botumile, mirándose el reloj—. Usted me dijo...

El señor J.L.B. Matekoni miró la hora en su propio reloj. Siempre le gustaba ser puntual, de ahí la sorpresa de que le criticaran su tardanza. Ella había dicho a las once, ¿no? De repente, le asaltaron las dudas.

—A las once menos cuarto —dijo ella—. Habíamos quedado a menos cuarto.

—Oh, cuánto lo siento, Mma. Pensé que le había dicho a las once...

Ella desdeñó el asunto con un gesto de la mano.

—Da igual —dijo—. ¿Dónde está Mma Ramotswe?

—En la oficina. Me ha encargado que lleve yo este caso.

Mma Botumile bajó bruscamente la taza que en aquel momento estaba llevándose a los labios. Unas gotas de café saltaron a la mesa.

—¿Por qué no se encarga Mma Ramotswe personalmente? —preguntó con frialdad—. ¿Es que piensa que no soy lo bastante importante para ella? ¿Es eso? Pues, para que se enteren, hay otros detectives.

—No, no los hay —dijo educadamente el señor J.L.B. Matekoni—. Según mis datos, no hay otra agencia aparte de la Primera Agencia de Mujeres Detectives.

Mma Botumile se quedó pensando. Antes de hablar otra vez, miró de arriba abajo al señor J.L.B. Matekoni.

—Yo creí que usted era el mecánico.

—Y lo soy —dijo él—. Pero también investigo. Verá, es útil tener una ocupación normal para-

lelamente a las pesquisas que uno lleva a cabo. —No
tenía ni idea de por qué habría de ser así, pero le
pareció lo más oportuno de decir.

Mma Botumile levantó de nuevo su taza.

—¿Usted conoce a mi marido? —preguntó.

El señor J.L.B. Matekoni negó con la cabeza.

—Tendrá que contarme cosas de él. Por eso
quería que nos viéramos hoy. Necesito saber más
cosas de su esposo, si quiero averiguar qué se trae
entre manos.

Una camarera acudió a la mesa y se quedó
mirando expectante al señor J.L.B. Matekoni. Él
no había pensado qué tomar, pero le pareció que
un té sería lo más adecuado, en vista de que el calor
iba en aumento. Se disponía ya a pedir, cuando Mma
Botumile despidió a la camarera, diciendo:

—No queremos nada.

Él miró perplejo cómo se alejaba la chica.

—Yo pensaba pedir un... —empezó.

—No hay tiempo —le cortó su cliente—. Recuerde que esto es una transacción; yo pago por su
tiempo, si no me equivoco. ¿Doscientas pulas la
hora, o algo así?

El señor J.L.B. Matekoni no supo qué responder. Por supuesto, habría factura, pero aún no se
había parado a pensar en sus honorarios. Estaba
acostumbrado a cobrar por trabajo mecánico e ima-

ginaba que cada caso tendría su equivalente: descubrir las andanzas de un marido infiel sería quizá el equivalente de un repaso general con cambio de aceite y revisión de frenos; una investigación más compleja entraría en la misma categoría que el cambio de la cadena de distribución. No había hecho cálculos de ninguna clase, pero desde luego no iba a cobrar doscientas pulas por estar una hora de charla en la galería del President Hotel.

El señor J.L.B. Matekoni era una persona tolerante, poco dada a ningún tipo de animosidad, pero mientras miraba a Mma Botumile empezó a sentir mucha antipatía hacia ella. Sabía que todo profesional debía mantener al margen cualquier tipo de sentimiento personal. Así se lo había oído decir a Mma Ramotswe, y él no podía estar más de acuerdo: uno no debía permitir que los sentimientos influyeran en sus opiniones. Lo mismo pasaba con los coches: los posibles vínculos entre dueño y automóvil no debían afectar a las decisiones sobre el futuro del vehículo en cuestión. Claro que, ¿y qué decir de la mini furgoneta blanca de Mma Ramotswe? No había mejor ejemplo de la necesidad de no permitir que los sentimientos enturbiaran el juicio profesional. Él se había desvivido por esa furgoneta cuando, en buena lógica, hubiera debido recomendar el cambio por un vehículo más moderno. Pero Mma Ramotswe no había querido ni oír hablar de ello. «No me veo conduciendo un coche nuevo —había dicho—. Lo mío es una pequeña furgoneta blanca. No quiero nada más».

Bajó la vista; Mma Botumile le estaba mirando y se sintió incómodo.

—Hábleme de su marido —dijo—. Necesito saber qué tipo de cosas le gustan.

Mma Botumile se retrepó antes de hablar.

—Mi marido no es fuerte. Es de esos hombres que no saben realmente lo que quieren. Yo sí me doy cuenta de lo que quiere, por supuesto, pero él no. —Miró al señor J.L.B. Matekoni como desafiándolo a replicar, pero en vista de que no decía nada, continuó—: Llevamos veinte años casados. Nos conocimos cuando ambos estudiábamos en la Universidad de Botsuana. Yo soy licenciada en Comercio, y mi marido lleva la contabilidad de una empresa minera.

»Nos hicimos una casa por la zona de la carretera de circunvalación, cerca del Grand Palm Hotel. Es una casa excelente; puede que la haya visto usted desde la carretera. Tiene una verja así de alta. ¿Sabe cuál le digo?

Sí, el señor J.L.B. Matekoni conocía esa casa y se había preguntado a menudo a quién se le ocurría poner una verja tan alta; ahora ya lo sabía.

Esperó a que Mma Botumile continuara, pero ésta permaneció en silencio y le observó por encima de su taza de café.

—¿Y son felices en su matrimonio? —preguntó él finalmente. Se dio cuenta de que la pregunta había salido en esos términos sin haber hecho ningún esfuerzo al respecto. ¿Por qué? Entonces le vino a la memoria: años atrás, hallándose en el Tribunal Supremo de Lobatse para testificar en un caso relacionado con un accidente de tráfico, se había colado en una de las salas. Se acordaba del abogado, allí de pie junto a su mesa, encarando a la mujer que lloraba en el banquillo. De pronto el abogado se dirigió a ella, diciendo: «¿Y eran felices en su matrimonio?», a lo que la mujer se puso a llorar todavía más. Qué pregunta más absurda, había pensado él entonces; qué cosa más absurda de preguntar a una mujer con los ojos arrasados en lágrimas. Por supuesto que su matrimonio no era feliz. Pero la pregunta le había quedado grabada en la memoria, sin saber que unos años más tarde él emplearía exactamente las mismas palabras.

Pero, a diferencia de aquella mujer, Mma Botumile no rompió a llorar.

—Por supuesto que sí —dijo—. Y seguimos siendo felices. Mejor dicho, lo seríamos si mi marido dejara de salir con esa otra mujer.

—¿Ha hablado usted con él al respecto? —preguntó el señor J.L.B. Matekoni.

—¡Claro que no! —exclamó ella—. Además, ¿qué podría decirle? Yo no conozco a esa mujer, no sé nada de ella. Eso tiene que averiguarlo usted.

—Bueno —dijo el señor J.L.B. Matekoni tras pensar un momento—, pero sí sabe que su marido se ve con otra mujer, ¿no?

—Desde luego que lo sé —respondió ella—. Esas cosas, las mujeres las sabemos.

Intuición, pensó el señor J.L.B. Matekoni. Era algo que las mujeres afirmaban tener y los hombres no, o no lo suficiente: intuición. Pero él se había preguntado muchas veces cómo podías saber algo sin haberlo oído, visto o incluso olido. Si no era a través de los sentidos, ¿cómo podía uno saber nada? Le habría gustado preguntarle eso a Mma Botumile, pero presintió que no podía hacerlo. Sospechaba que ella no era mujer que aceptase de buen grado que pusieran en tela de juicio sus palabras.

—Entiendo —dijo—. Pero ¿tendría usted inconveniente en decirme cómo saben las mujeres esas cosas? Estoy seguro de que es así, pero ¿cómo?

Por primera vez en el transcurso de la entrevista, Mma Botumile sonrió.

—De estas cosas es más fácil hablar con una mujer —dijo—. Pero puesto que Mma Ramotswe parece estar tan ocupada, supongo que tendré que hablarlo con usted.

El señor J.L.B. Matekoni aguardó.

—Los hombres suelen pedir ciertas cosas a las mujeres —dijo, bajando la voz—. Y cuando dejan de hacerlo, entonces es un síntoma de que algo pasa. Cualquier mujer lo sabe.

El señor J.L.B. Matekoni contuvo el aliento.

—Sí —dijo ella, con un brillo divertido en la mirada—, eso es señal inequívoca de que un hombre tiene otra amiga.

El señor J.L.B. Matekoni no supo qué decir. Bajó la vista, primero a la mesa y después al suelo. Alguien había derramado un poco de azúcar, una pequeña hilera de granos blancos, y se fijó en un destacamento de hormigas que, con marcial precisión, había acudido al reclamo: porteadores minúsculos tambaleándose bajo el peso del botín.

—Bien, eso es lo que tiene que averiguar, Rra —dijo entonces Mma Botumile, haciendo señas a la camarera para pedir la cuenta—. Tendrá que seguirle y averiguar quién es esa señora. Yo aquí no puedo hacer nada, por eso se lo pido a usted. Y por eso es que va a cobrar doscientas pulas la hora.

—Se equivoca —murmuró el señor J.L.B. Matekoni.

Abandonó el President Hotel sin saber muy bien qué hacer y no muy convencido, además, de si quería realmente seguir adelante con la investigación. La entrevista con Mma Botumile no había sido nada satisfactoria. No le había dado la menor pista a partir de la cual empezar a buscar a la presunta amiga del marido, y su única sugerencia había sido que el señor J.L.B. Matekoni siguiera a su marido al salir del trabajo. «No viene directamente a casa, eso está claro —dijo Mma Botumile—. Dice que va a ver a clientes suyos, pero no me lo creo. ¿Y usted?». El señor J.L.B. Matekoni había optado por responder con un murmullo que igual podía haber sido un «sí» que un «no». Se sentía incómodo viéndose obligado a tomar partido de esta manera y, sin embargo, pensó, seguramente era algo que un detective privado podía esperar (y un abogado también). La gente pagaba para que estuvieras de su lado, lo cual te obligaba de alguna manera a creer en sus palabras. Todo ello lo hizo sentir muy incómodo. ¿Y si te contrataba alguien a quien no podías aguantar, o descubrías que la persona en cuestión te había mentido? ¿Tendrías que fingir que creías sus mentiras —algo imposible de hacer, pensaba

J.L.B. Matekoni—, o era posible plantarse y decir que no querías saber nada de sus embustes?

Pero luego, mientras bajaba los escalones del hotel, se le ocurrió otra cosa. No conocía de nada al marido de Mma Botumile y no tenía la menor idea de cuál era su aspecto. No obstante lo cual, pensó, cuando por fin lo conociera —si se daba el caso—, probablemente sentiría lástima de él, e incluso podía ser que le cayera bien. Si él, el señor J.L.B. Matekoni, estuviera casado con Mma Botumile, a quien consideraba grosera y mandona, ¿acaso no buscaría alivio en otra parte, en brazos de una mujer buena y agradable (alguien como Mma Ramotswe)? Oh, por supuesto, Mma Ramotswe jamás miraría a otro hombre, de eso estaba seguro el señor J.L.B. Matekoni. Se detuvo en seco. Ni una sola vez se le había pasado por la cabeza que Mma Ramotswe pudiera liarse con otro, pero también era cierto que muchas personas que se sentían defraudadas por sus mujeres jamás pensaban que eso pudiera ocurrir, y sin embargo ocurría. En otras palabras: la gente se engañaba a sí misma.

Era un pensamiento inquietante, y el señor J.L.B. Matekoni notó que se acaloraba allí de pie delante del President Hotel, pensando en lo impensable. Se imaginó a sí mismo volviendo un día a casa y descubriendo una corbata, o alguna otra prenda masculina, encima de una silla. Se imaginaba cogiendo la corbata, examinándola, y encarando luego a Mma Ramotswe: «¿Cómo ha podido, Mma Ramotswe? ¿Cómo es posible?». Y a ella, que miraba a otra parte y decía: «Mire, señor J.L.B. Matekoni, la verdad es que no puedo decir que haya sido usted un marido demasiado fascinante». No, era absurdo. Mma Ramotswe jamás tendría una salida semejante. Él se había esforzado por ser un buen marido. Nunca se iba por ahí, la ayudaba a ella en la casa como se supone que ha de hacer un esposo moderno. Es más, había hecho todo cuanto estaba en su mano por ser moderno, pese a que en ocasiones no había sido nada fácil.

El señor J.L.B. Matekoni se sintió de pronto insoportablemente triste. Uno podía tratar de ser moderno —y lograrlo, hasta cierto punto—, pero eso de ser fascinante le parecía mucho más complicado. Hoy en día las mujeres tenían a su disposición revistas donde salían esos hombres fascinantes, de mirada atractiva y luminosa, posando con mujeres sonrientes, todos como si se lo estuvieran pasando la mar de bien. Los hombres, a veces, sostenían unas llaves de coche o aparecían recostados en un impresionante automóvil alemán, y las mujeres reían de algo que sus acompañantes habían dicho —algo también fascinante, sin duda—. Era improbable que

Mma Ramotswe se dejara influir por semejante afectación, y sin embargo no rechazaba estas revistas cuando Mma Makutsi se las pasaba. Fingía reírse de lo que publicaban, pero si realmente las encontraba tan ridículas, ¿no era lógico pensar que no debería molestarse siquiera en leerlas?

El señor J.L.B. Matekoni se quedó parado en la plaza, mirando los puestos de venta, pero absorto en sus pensamientos. Y entonces se hizo a sí mismo una pregunta, una pregunta bastante más difícil de responder que de plantear: ¿Cómo se vuelve un marido más fascinante?

Capítulo
8

Una conversación inesperada

Al atardecer el señor J.L.B. Matekoni se encaminó a la dirección que Mma Botumile le había dado en la galería del President Hotel (ella con su café; él sin su té, pues la mujer había despedido egoístamente a la camarera). Era un modesto bloque de oficinas de sólo tres plantas en Kudumatse Drive, flanqueado por sendos edificios corrientes: un almacén de muebles y un taller donde reparaban ventiladores eléctricos. Aparcó la camioneta en la acera opuesta a fin de tener a la vista la entrada de las oficinas, pero a distancia suficiente como para no llamar la atención de quienquiera que saliese del edificio. Sólo era un hombre dentro de una camioneta; el tipo de hombre, y de furgoneta, que uno veía a cada momento en Gaborone;

nada del otro mundo. Hombres, y camionetas, que generalmente iban a alguna parte, pero que a veces se detenían como había hecho ahora este hombre en concreto, esperando alguna cosa. Nadie se iba a extrañar.

El señor J.L.B. Matekoni se miró el reloj. Eran casi las cinco, hora en que, según Mma Botumile, su marido salía siempre de la oficina. Era, por lo visto, una persona de hábitos fijos (algunos de los cuales de mala índole, aclaró ella); si el señor J.L.B. Matekoni se apostaba frente al edificio, seguro que lo vería salir y meterse en un coche grande de color rojo, que estaría aparcado en el callejón. Mma Botumile le dijo que no era necesario dar ninguna descripción del marido, pues podría identificarlo por el coche.

—¿De qué marca es? —había preguntado cortésmente el señor J.L.B. Matekoni. Él nunca describiría un coche sólo por el color, y eso era algo que siempre lo pillaba de sorpresa. Se había fijado en que Mma Makutsi, e incluso Mma Ramotswe, que ya no era una neófita en el tema, podían describir un coche por el color, sin hacer la menor referencia a la marca ni a la cilindrada.

La mirada que le dirigió Mma Botumile fue de conmiseración, casi de lástima. «¿Y cómo quiere que lo sepa? —dijo—. El mecánico es usted, no yo».

El señor J.L.B. Matekoni se había mordido el labio por no dar la réplica a tanta grosería. En un país educado como Botsuana, eran raras las muestras de mala educación, y por ello mismo resultaba especialmente sorprendente y desagradable cuando eras blanco de alguna. No entendía por qué Mma Botumile lo trataba con tanta desconsideración. Su propia experiencia le decía que este tipo de conducta era propio de personas inseguras de sí mismas o que querían dar a entender algo oscuro. Mma Botumile tenía una excelente posición, no necesitaba demostrar nada a nadie; en todo caso, no tenía motivo alguno para ningunear al señor J.L.B. Matekoni, que no podía representar la menor amenaza para ella. Entonces, ¿por qué esa sequedad? ¿Le caían mal los hombres en conjunto, o sólo él? Y, si se trataba de algo personal, ¿qué era lo que tanto la molestaba de él?

Sentado ahora en la cabina de la camioneta, miró hacia un costado del edificio y de repente se fijó en que había dos coches rojos y grandes, no uno. Primero se desanimó, pensando que esto de meterse a detective había sido un error ya desde el principio, pero luego se dijo que era muy improbable que dos conductores de coches rojos salieran exactamente a la misma hora, las cinco en punto, del edificio. No, seguro que el primero que saliera en cuanto dieran las cinco sería el marido de Mma Botumile.

Volvió a mirar el reloj. Faltaba un minuto para las cinco; en cualquier momento, Rra Botumile podía salir a la calle. Justo cuando hubo dejado de mirar el reloj, dos hombres emergieron del bloque de oficinas. Iban conversando entre ellos, ambos en mangas de camisa y corbata, la chaqueta al hombro, la típica imagen del oficinista al término de su jornada. Los vio doblar la esquina del edificio y aproximarse a los coches. Una vez allí, hablaron unos segundos más y luego cada cual montó en un coche rojo.

El señor J.L.B. Matekoni se quedó como paralizado. No tenía manera de saber cuál de los dos era el marido de Mma Botumile, lo cual quería decir que, una de dos, o plegaba velas y volvía a casa, o tomaba una rápida decisión y seguía a uno de ellos. Lo más fácil era abandonar las pesquisas, pero entonces tendría que explicarle a Mma Ramotswe que había fracasado en su intento de llevar a cabo lo que, si no lo tenía mal entendido, era uno de los aspectos más básicos de la profesión. No había leído los *Principios básicos* de Clovis Andersen, por supuesto, y se preguntó si aquel *vade mecum* hablaría de la actitud a tomar en circunstancias parecidas. Probablemente señalaría que era imprescindible tener al menos una descripción de la persona a seguir, cosa que él no había podido obtener.

El señor J.L.B. Matekoni decidió, de bote pronto, seguir al primer coche que se pusiera en marcha. No había ningún fundamento para pensar que su conductor fuese Rra Botumile, pero tenía que optar por uno de los dos, y tal vez... Pero ¿por qué no seguir al segundo coche? Sí, había algo en este último que le parecía sospechoso. El conductor del otro coche rojo, al partir en primer lugar, estaba actuando con confianza y determinación. Dicho en otras palabras, tenía la conciencia limpia. Por el contrario, el segundo conductor, pensando en la cita secreta que tenía por delante, mostraba la vacilación de quien abriga sentimientos de culpa. Era agarrarse a una conjetura más endeble que una brizna de paja, pero el señor J.L.B. Matekoni no contaba con nada mejor. Pensó que el mismísimo Clovis Andersen (y también Mma Ramotswe) quedarían impresionados: una decisión basada en una sólida comprensión de la psicología humana... ¡y eso por parte de un mecánico de coches!

La primera decisión fue, pues, revocada, y el señor J.L.B. Matekoni esperó a que el primero de los coches rojos saliera a la calle principal y se alejara. A las cinco de la tarde, el tráfico en esa calle era un poco complicado, pues la gente estaba ansiosa por volver a casa, unos hacia Gaborone West y la carretera de Lobatse, otros hacia dondequiera que tuviesen su hogar; todos, por supuesto, ocupándose de sus legítimos asuntos, a diferencia del segundo conductor, que parecía seguir dudando. Había arrancado el motor (un mecánico se daba cuenta de estas cosas, incluso a tanta distancia), pero por algún motivo no se movía. El señor J.L.B. Matekoni se preguntó a qué vendría esa espera, y al final dedujo que no quería que el primer conductor viera que partía en una dirección distinta de la de su casa; de ahí que aguardara a que el otro coche estuviera lejos. Una vez más, el señor J.L.B. Matekoni se sorprendió de su propio discurrir. Le pareció que, en cuanto uno se esforzaba por pensar un poco, todo encajaba de manera asombrosamente limpia, como en esos pasatiempos del periódico donde todos los números sumaban igual o las letras que faltaban tenían sentido. Nunca le había dado por entretenerse con esas cosas y tal vez debería hacerlo. Una vez había leído que ejercitar la mente era la mejor manera de conseguir que funcionara bien durante mucho tiempo, y así postergar el momento de sentarte al sol, como los muy viejos, sin saber qué día era de la semana y preguntándote por qué el mundo ya no tenía sentido. Sin embargo, hubo de recordarse, esas personas eran felices a menudo, posiblemente porque les daba igual que fuera viernes o domingo. Y si no recordaban nada del pasado más reciente y se aferraban a recuerdos de hacía veinte años o más, tampoco eso, quizá, era tan malo como la gente tendía a pensar. Para muchos de nosotros, pensó el señor J.L.B. Matekoni, la época de hace veinte años fue bastante bonita. A medida que envejecíamos el mundo se nos escapaba de las manos —por supuesto que sí—, pero quizá no hacía falta aferrarse tanto a él.

El coche rojo que iba delante del señor J.L.B. Matekoni tomó Kudumatse Drive y continuó por lo que era ya la carretera de Kanye. Oficinas y pequeños almacenes dieron paso a viviendas; pistas de tierra partían de ambos lados hacia casas de reciente construcción —sueños y ambiciones materializados en una vivienda de dos habitaciones—, levantadas allí donde no hacía mucho sólo había matorrales, pasto para el ganado. Delante de una de las casas vio un coche que creyó reconocer. Lo había estado reparando hacía sólo unas semanas y pertenecía a un profesor del instituto de Gaborone, un hombre que según todos apuntaba para director. Su esposa, le había informado Mma Ramotswe, iba los domingos por la mañana a la iglesia anglicana y cantaba todos los himnos con verdadero ardor, aunque desafinando bastante. «Pero se nota que se esfuerza», añadió Mma Ramotswe.

El coche rojo aminoró súbitamente la marcha. El señor J.L.B. Matekoni, que iba tres vehículos por detrás pues no quería ser visto por el señor Botumile, se vio ante el dilema de detenerse —cosa que sin duda levantaría sospechas— o adelantarlo. Los dos coches que iban delante de él empezaron a adelantar, pero el señor J.L.B. Matekoni giró el volante, se arrimó a la cuneta y se puso a observar. El coche rojo empezó a avanzar con más rapidez y entonces, sin apenas indicarlo, dio un giro de ciento ochenta grados y enfiló en sentido contrario. El señor J.L.B. Matekoni siguió adelante. Por un momento pudo ver al conductor del coche rojo —sólo una cara mirando al frente, material insuficiente para recordar o juzgar—, y después ya sólo pudo ver la parte de atrás alejándose hacia la ciudad. Echó una mirada al retrovisor —la carretera estaba despejada— y dio media vuelta, invadiendo un buen trecho de arcén pues su camioneta tenía un amplio radio de giro.

Por fortuna el tráfico hacia la ciudad era escaso y no tardó en divisar el coche del señor Botumile. Aminoró la marcha, pero no demasiado, teniendo en cuenta que su presa era impredecible cual animal salvaje que de repente escapa en una dirección inesperada para no ser atrapado. Los rayos del sol poniente habían alcanzado las ventanas de los edificios oficiales en Khama Crescent y lanzaban señales. Rojo. Alto, señor J.L.B. Matekoni. Stop. Vuelve a tu taller y olvídate de esto.

El coche del señor Botumile se dirigió al centro, pasó frente al Princess Marina Hospital y siguió hasta el Gaborone Sun Hotel. Aparcó delante mismo del hotel mientras el señor J.L.B. Matekoni guiaba la camioneta hacia otra sección del aparcamiento y apagaba el motor. Ambos se apearon de sus vehículos y entraron en el establecimiento, primero el señor Botumile —aparentemente solo—, y luego el señor J.L.B. Matekoni a una distancia discreta y con el corazón a cien de pura excitación. «¡Oh! —pensó—, esto es infinitamente mejor que ajustar frenos y cambiar filtros de aceite».

—¿El señor Gotso? —exclamó Mma Ramotswe—. ¿Charlie Gotso? ¿Él?

—Sí —dijo el señor J.L.B. Matekoni—. Lo he reconocido en seguida, ¿y quién no? Allí estaba Charlie Gotso, tranquilamente sentado, y he tenido que apartar la vista. Bueno, no porque él pudiera conocerme, pero sabe quién es usted, Mma Ramotswe. Tengo entendido que hace muchos años hablaron una vez...

—Ha pasado mucho tiempo —dijo Mma Ramotswe—. Y yo era una persona pequeña para él. Los hombres así no se acuerdan de la gente pequeña.

—Usted no es pequeña, Mma... —dijo el señor J.L.B. Matekoni, pero calló de repente. Mma Ramotswe *no* era pequeña.

Ella le miró divertida.

—Tiene toda la razón, Rra. No soy pequeña. Pero estaba pensando que para ese hombre yo era un ser insignificante.

—Oh, claro, por supuesto —se apresuró a decir él—. Conozco el paño. Suelen ser hombres muy arrogantes.

—Él es rico —dijo Mma Ramotswe—. Y los ricos a veces se olvidan de que son personas como las demás. —Hizo una pausa—. Bueno, bueno, de modo que allí estaba Charlie Gotso. ¿Y el señor Botumile ha ido directamente hacia él y se ha sentado como si tal cosa?

El señor J.L.B. Matekoni asintió con la cabeza. Estaban en la cocina de Zebra Drive, Mma Ramotswe y él. Sobre el fogón hervía una cazuela de calabaza, y el aire tenía ese olor terroso de la pulpa amarilla. Una pata pequeña de cordero se estaba asando dentro del horno; iba a ser una buena cena... cuando estuviera lista dentro de media hora. Quedaba, pues, tiempo para charlar y para que el señor J.L.B. Matekoni hiciera un informe oral de la investigación que acababa de llevar a término.

—Estaban fuera —dijo—. ¿Sabe el bar que hay en la parte de atrás? Pues ahí. Y como resulta que casi todas las mesas estaban ocupadas, yo he podido sentarme cerca de la de ellos sin llamar la atención.

—Ha hecho bien —dijo Mma Ramotswe. Clovis Andersen, en *Principios básicos para detectives privados,* advertía de que distanciarse de manera poco natural del sujeto a seguir podía resultar tan raro como acercarse demasiado. «Ni muy cerca ni muy lejos. Es lo que los antiguos llamaban el justo medio. Y tenían razón, ¡como siempre!», escribía Andersen. Mma Ramotswe se había preguntado quiénes serían esos «antiguos», si lo que en Botsuana llamaban los mayores, o bien algo complemante distinto. Pero, bueno, lo importante era que el señor J.L.B. Matekoni (que no había leído los *Principios básicos)* hubiera hecho lo adecuado sin necesidad de conocimientos teóricos. Y ello no hacía sino demostrar, a su modo de ver, que gran parte de los *Principios básicos para detectives privados* era de puro y simple sentido común; se podía haber llegado a las mismas conclusiones sin necesidad de directrices ni consejos.

El señor J.L.B. Matekoni aceptó graciosamente el cumplido.

—Gracias, Mma. Pues bien, ya me tiene usted allí, tan cerca de Charlie Gotso que hasta podía ver el arañazo que el barbero le había dejado en el cuello; piel áspera, Mma, como un campo arado. Y tenía unas manchitas minúsculas de sangre en el cuello de la camisa.

—Pobre hombre —dijo Mma Ramotswe.

El señor J.L.B. Matekoni la miró con sorpresa.

—¿Pobre? Ese hombre no es bueno, Mma.

—Por supuesto —se corrigió ella—, pero yo no le deseo a nadie que pase un mal rato. ¿Usted sí, Rra?

El señor J.L.B. Matekoni, tras pensarlo un momento, hubo de darle la razón. Él tampoco le deseaba mal a nadie, por más que se lo merecieran. Lo que pasaba era que Mma Ramotswe tenía cierta tendencia a ser excesivamente generosa en sus juicios y opiniones.

—Cuando se han puesto a hablar, yo he hecho como que estudiaba la carta que el camarero acababa de traerme. —Se echó a reír—. Una lectura interesante: me he enterado de lo que vale una cerveza Castle y de las muchas cosas que puede llevar dentro un bocadillo. He tenido que leérmelo un par de veces.

»Mientras tanto, me esforzaba por escuchar lo que ellos decían. No ha sido fácil, porque cerca había alguien que se reía todo el rato como un asno, pero alguna cosa he podido oír.

—Disculpe, señor J.L.B. Matekoni —dijo Mma Ramotswe—. ¿Y por qué los escuchaba? ¿Dónde estaba la mujer?

—¿Qué mujer? —preguntó él.

—Se supone que el señor Botumile tiene una amante, ¿no? —replicó Mma Ramotswe.

El señor J.L.B. Matekoni miró al techo. Él había esperado presenciar un encuentro entre el señor Botumile y la amante, y al ver que aquél se sentaba al lado de Charlie Gotso pensó que la mujer llegaría más tarde, que ambos conocían a Gotso. Pero luego, cuando quedó claro que no iba a aparecer ninguna amante, había decidido concentrarse en la conversación que estaba teniendo lugar entre los dos hombres. Era más interesante que un simple adulterio; aquí parecía cocerse algo mucho más importante. Podría informar a Mma Botumile de que su marido estaba metido en algo más grave de lo que ella había imaginado; se entendía nada menos que con Charlie Gotso, el más nefasto de los empresarios de Gaborone, un hombre cuyos métodos de persuasión eran la intimidación y el miedo; dicho en otras palabras, un hombre malo.

Y el señor J.L.B. Matekoni no tenía el menor reparo en decir las cosas claras y sin adornos, ya fuera hablando de coches o de personas. Del mismo modo que había coches malos —coches que sistemáticamente se resistían a arrancar o que siempre tenían ruidos y vibraciones inexplicables e imposibles de corregir—, así también había personas malas. Menos mal que en Botsuana no había demasiadas personas malas, aunque sí unas cuantas, y sin duda el señor Charlie Gotso era una de ellas.

—De la mujer, ni rastro —concedió—. Quizá es que hoy no tocaba que se vieran. Ya habrá tiempo para encontrarla...

—Entiendo —dijo Mma Ramotswe—. De acuerdo. Pero ¿y de qué hablaban esos dos?

—De minas —respondió el señor J.L.B. Matekoni—. El señor Botumile ha comentado algo sobre malos resultados; que habían llegado los trépanos y que los resultados no eran buenos.

Mma Ramotswe se encogió de hombres.

—Prospecciones —dijo—. Eso está a la orden del día.

—Pero luego ha dicho: «El precio de las acciones bajará dentro de dos semanas en Johannesburgo». Y el señor Gotse le ha preguntado si estaba seguro. Y él ha dicho que sí.

—¿Y?

—Pues que el señor Gotso ha dicho que estaba muy contento.

—¿Contento? —Mma Ramotswe estaba desconcertada—. ¿Por qué, si era una mala noticia?

El señor J.L.B. Matekoni lo pensó un poco antes de responder.

—Será que disfruta con las desgracias ajenas. Hay gente así de mala.

Sí, pensó Mma Ramotswe. Existían personas así, pero no creía que Charlie Gotso entrara en ese grupo. Él era más bien de los que no se inmutaban ante las desgracias ajenas; éstas no le interesaban en absoluto. Lo único que le ponía contento era aquello que pudiera redundar en su propio interés, contribuir a su riqueza, y de aquí se derivaba una difícil pregunta: ¿por qué a un hombre malo habría de parecerle buena noticia que unos prospectores no hayan encontrado minerales?

Lo dejaron ahí. El señor J.L.B. Matekoni no tenía nada más que añadir, y, a juzgar por el olorcillo que venía de la cazuela y del horno, la calabaza y el cordero estaban ya a punto o casi. Era momento de ponerse a cenar.

Capítulo

9

Los zapatos y cómo entenderlos

Al día siguiente Mma Makutsi se despertó un poco antes de lo normal. La noche había sido fresca otra vez, y en su habitación, sin más calefacción que una pequeña estufa eléctrica —que había sido apagada—, todavía hacía frío. Cuando el sol acabara de salir, su luz entraría por la ventana y calentaría la estancia, pero eso no pasaría hasta al cabo de unos veinte minutos. Miró el reloj. Si se levantaba ya, dispondría de unos quince minutos extra antes de ir a buscar el minibús. Podía emplear ese tiempo en algo constructivo, tal vez con la máquina de coser nueva que le había regalado Phuti Radiphuti. Se estaba haciendo un vestido y tenía todos los patrones cortados y prendidos con alfileres, a punto de máquina. Todo lo que necesitaba era un poco de tiempo. Podía dedicar ese cuarto de hora a coser y luego, cuando volviera del trabajo, tendría unas dos horas por delante, tiempo de sobra para terminar el vestido.

Oh, pero hoy no tenía que ir a ningún trabajo, y al acordarse de ello los ojos se le abrieron de golpe. No tengo que levantarme, se dijo a sí misma. Me puedo quedar en la cama. Volvió a cerrar los ojos y acunó de nuevo la cabeza en la almohada. Pero no hubo manera: lo ojos no querían quedarse cerrados, el sueño no la vencía. Estaba despierta del todo. En una mañana de frío, esos minutos extra que uno le roba al día pese al aviso del despertador, normalmente eran irresistibles. Pero no; tenemos algo y resulta que no lo queremos. Se incorporó, tiritando, y bajó los pies al suelo de cemento de su habitación. La casa tenía agua corriente, y también luz eléctrica, pero en los pueblos y en el campo todavía había suelos —algunos— que no te helaban los pies; eran suelos hechos con olorosos excrementos de vaca, bien apisonados y mezclados con fango de manera que la superficie resultante fuera fresca en verano y caliente cuando llegara el frío. Por mucho que los edificios modernos fuesen más confortables, había ciertas cosas, cosas tradicionales, que eran imposibles de mejorar.

Pensar en lo tradicional le hizo acordarse de Mma Ramotswe, y con una punzada de pena se dio cuenta de que hoy no iba a ver a su antigua jefa. Un día —laborable— sin Mma Ramotswe: era una sensación extraña, casi siniestra, como si tuviera que ocurrir algo misterioso. Pero rápidamente apartó este pensamiento de su cabeza. Había dejado su empleo para ganar en calidad de vida. Era el tema estrella del momento: la calidad de vida. Bien, en ésas estaba ahora ella, y sólo podía confiar en que la supuesta calidad de vida fuese la calidad *debida*. Decidió que era mejor no pensar en su fase de ayudante de detective, sino en su nueva vida como señora de Phuti Radiphuti, esposa del propietario de la tienda de muebles Double Comfort, *ex* secretaria.

Fue raro desayunar sin prisas; raro comer un par de tostadas sin mirar el reloj; y raro también no tener que dejar la segunda taza de té a medias porque ya no había tiempo para más. Ese día el desayuno no terminó, simplemente se fue apagando. Después, Mma Makutsi limpió el plato de migas, tomó el último sorbo de té y luego... nada. Se quedó sentada y pensó en el día que tenía por delante. Estaba el vestido, sí, podía terminarlo antes del mediodía, pero de alguna manera sabía que era mejor no hacerlo. Estaba disfrutando con ello, y no le quedaba tela para otra prenda. Si terminaba el vestido, tendría que guardar la máquina de coser en el armario y le quedaría una cosa menos que hacer. Bueno, claro, podía limpiar la casa; siempre había algún rincón, por más que una se afanara en barrer y fregar. Pero, aunque tenía la casa como los chorros del oro, limpiar no le daba ningún gusto y ya había dedicado a ello casi todo el fin de semana.

Miró a su alrededor. La salita de estar, donde solía tomar el desayuno, era muy austera: había la mesa a la que ahora estaba sentada (una mesa condenada por Phuti Radiphuti, quien había prometido cambiarla por otra pero no lo había hecho aún); había un pequeño sofá de segunda mano conseguido a través de un anuncio en el periódico, y donde ahora lucían los cojines de raso que le había regalado Phuti Radiphuti; había una mesita auxiliar sobre la cual había puesto varias fotos enmarcadas de su familia. Y, aparte de la pequeña alfombra roja, eso era todo.

Podía hacer algo para decorar mejor la salita, pensó, pero si iba a casarse en enero y mudarse a la casa de Phuti Radiphuti, no tenía mucho sentido hacer nada aquí. Oh, desde luego, el propietario se pondría contento si ella iba a comprar pintura a la ferretería, pero tampoco tenía sentido ponerse a pintar paredes. De hecho, no tenía mucho sentido hacer nada de nada.

Rechazó por absurda esta conclusión tan pronto hubo llegado a ella. Pues claro que tenía sentido hacer algo. Mma Makutsi no era persona que perdiera el tiempo, y se dijo a sí misma que debía plantearse la renuncia a su puesto de trabajo como un reto: el reto de diseñar un nuevo programa de actividades diarias. Sí, ahora podía dedicarse a algo nuevo, nuevo y excitante. Como por ejemplo... Pensó un poco. Algo tenía que haber. Buscarse otro trabajo, quizá. Había leído algo de una nueva agencia de colocación especializada, al parecer, en secretarias de categoría. «No es una agencia para todo el mundo —había leído en el anuncio—. Estamos aquí para personas que van un poco más allá, cada día; somos una agencia para la *crème de la crème*».

El anuncio, leído en el *Botswana Daily News,* había sorprendido a Mma Makutsi por sus expresiones. Eso de la *crème de la crème,* con su repetitivo exotismo, le había sugerido un nuevo cambio, una nueva etapa en el viaje que era la vida. En su caso, el viaje se había iniciado en Bobonong, un largo trayecto en autobús hasta Gaborone. Luego, el viaje había sido metafórico, no real, pero viaje al fin: primero el trayecto hasta los exámenes finales en la Escuela de Secretariado Botsuana, con las notas como hitos en el camino: sesenta y ocho por ciento en el primer examen, setenta y cuatro por ciento en el segundo; después un ochenta y cinco; y finalmente, en un salto casi imposible, un noventa y siete por ciento y la subsiguiente gloria. Todo un viaje, ciertamente.

El paso siguiente había sido ir a la caza de empleo, un itinerario lleno de callejones sin salida y de giros equivocados, a medida que descubría que la discriminación, en su forma menos sutil, era la nota dominante. Se había sometido —no había mejor palabra— a multitud de entrevistas vestida con el único vestido bueno que poseía, para descubrir una y otra vez que al patrón en potencia no le interesaba lo más mínimo su nivel de estudios. Lo único que se pedía a una futura secretaria era que se hubiera sacado el diploma, al margen de las notas. Nada más. Al parecer, lo único que importaba era que tu aspecto fuera despampanante, y Mma Makutsi no se engañaba a este respecto: sus enormes gafas redondas, su cutis difícil, su vestuario de pobre... Era la antítesis de la mujer despampanante.

Pero hete aquí que esta agencia daba a entender que valoraba el trabajo y la perseverancia. Y la recompensa no podía ser otra que un empleo interesante y que te exigiera mucho, un puesto de trabajo en una gran empresa, en una oficina con aire acondicionado y una elegante cantina para el personal. Se codearía con gente de lo más motivada y elegante. Sería un mundo ultramoderno, a años luz de la Primera Agencia de Mujeres Detectives, con sus desvencijados archivadores y sus dos únicas teteras.

Había tomado una decisión, y eso la hizo sentirse más optimista respecto a lo que el día podía depararle. Se levantó de la mesa y empezó a lavar los platos del desayuno. Dos horas más tarde, una vez muy adelantado su vestido nuevo, guardó la máquina de coser, cerró la casa con llave y se encaminó hacia el centro. El día era fresco, pero lucía el sol; una mañana perfecta, pensó; el clima ideal para pasear mientras vas pensando en tus cosas. Las tempraneras dudas se habían disipado y ahora le parecían nimias e infundadas. Echaría de menos a Mma Ramotswe, cierto, como a cualquier amigo o amiga, pero de ahí a pensar que sin ella su vida estaría vacía, había un buen trecho. En su nuevo empleo tendría muchos colegas y, sin querer ser desleal a Mma Ramotswe, probablemente bastantes de ellos serían un poquito más fascinantes que su antigua jefa. Ser una mujer de complexión tradicional, creer en los valores tradicionales de Botsuana, beber té rooibos: todo eso estaba muy bien, pero había otro mundo por explorar, un mundo poblado por personas modernas y fascinantes, las personas que creaban opinión, que marcaban la pauta de la moda y de las cosas ingeniosas que decir. Sí, ése era el mundo al que ahora iba a acceder, aunque, claro está, siempre tendría un rinconcito en su corazón para Mma Ramotswe y la Primera Agencia de Mujeres Detectives. Incluso una persona absolutamente moderna sentiría aprecio por Mma Ramotswe, en el sentido en que la gente moderna puede guardar cariño a sus tíos y tías allá en la aldea a pesar de que ya no tiene nada en común con esos parientes.

Había guardado el ejemplar del periódico donde salía el anuncio y anotado la dirección de la agencia. No quedaba muy lejos —media hora andando, a lo sumo—, y el paseo se le hizo cortísimo con lo entretenida que estaba pensando en la entrevista que sin duda le aguardaba.

—¿Un noventa y siete por ciento? —diría la persona de la agencia—. ¿En serio? ¿No es una errata?

—No, Mma. Un noventa y siete por ciento.

—¡Caramba, rayando la perfección! Pues tengo aquí un empleo que sería ideal para usted. Ojo, estoy hablando de un puesto de alto nivel. Pero como usted ha sido...

—Ayudante de detective. La segunda en el escalafón.

—Entiendo. Bien, creo que es la mujer idónea para ese puesto. Por cierto, está muy bien pagado. Y con las ventajas extrasalariales de rigor.

—¿Aire acondicionado?

—Naturalmente.

Estas fantasías le causaron un enorme placer... y la despistaron un poco, pues se pasó de largo y hubo de volver sobre sus pasos. Pero finalmente allí estaba: Agencia de Trabajo para Puestos Superiores de Oficina, en la segunda planta de un edificio un tanto tronado aunque prometedor, no lejos del templo católico. Cuando llegó al rellano, vio un rótulo con una flecha apuntando en la dirección del pasillo e invitando a los visitantes a llamar al timbre y entrar. El pasillo era oscuro y olía un poco mal, pero la puerta de la agencia había sido pintada hacía poco, y ella, pensó Mma Makutsi, no iba a trabajar en este edificio, que era solamente un medio para alcanzar una meta mucho más elevada.

La estancia era pequeña, dominada por un escritorio, sentada al cual había una joven delgada con los cabellos complicadamente trenzados. Parecía molesta porque la entrada de una desconocida hubiese interrumpido su tarea, que no era otra que darse laca a las uñas. Pero luego saludó como era debido y le preguntó:

—¿Está usted citada?

Mma Makutsi negó con la cabeza.

—El anuncio que pusieron en el *Daily News* decía que no era necesario cita previa.

La recepcionista frunció los labios.

—No debería usted creer todo lo que dicen los periódicos, Mma. Yo, al menos, no lo hago.

—¿Ni siquiera siendo un anuncio de su propia agencia? —preguntó Mma Makutsi.

La recepcionista guardó silencio, hundió el pincel en el frasquito de laca y lo aplicó esmeradamente al índice de su otra mano, antes de preguntar:

—¿Tiene experiencia como secretaria, Mma?

—Desde luego —dijo Mma Makutsi—. Y desearía ver a algún encargado, por favor.

Un nuevo silencio. Finalmente, la recepcionista levantó el auricular del teléfono e intercambió unas palabras.

—La recibirá en seguida, Mma. Ahora mismo está viendo a otra persona. Puede usted esperar allí —dijo, señalando una silla que había en un rincón. Junto a la silla había una mesita baja repleta de revistas.

No tuvo que esperar mucho. Al cabo de unos minutos vio salir a una mujer joven por una puerta al fondo. Llevaba en la mano un papel doblado y sonreía. Se acercó a la recepcionista y le dijo algo al oído. Hubo risas.

Una vez la joven se hubo retirado, la recepcionista hizo señas a Mma Makutsi y continuó pintándose las uñas. Mma Makutsi se puso de pie, fue hasta la puerta, llamó con los nudillos y, sin esperar respuesta, entró.

Se miraron, asombradas, la una a la otra. Mma Makutsi no se esperaba esto, y ver a aquella mujer sentada detrás de la mesa la desconcertó hasta el punto de desbaratar la pose que había ensayado para su entrada. Pero, por lo visto, estaba a la par con la otra; y en más de un sentido, puesto que se trataba de Violet Sephoto, su antigua compañera de clase en la Escuela de Secretariado Botsuana.

Fue Violet la primera en recuperarse de la sorpresa.

—Vaya, vaya —dijo—. Grace Makutsi. Primero en la escuela, después en la academia de baile y ahora aquí. ¡Las veces que se han cruzado nuestros caminos, Mma! ¡Igual acabamos descubriendo que somos primas!

—Me sorprendería mucho, Mma —dijo Mma Makutsi, sin explicar a qué clase de sorpresa se refería.

—Bah, era sólo una broma —dijo Violet—. No creo que seamos primas, pero eso da igual. Lo que importa es que, si no me equivoco, ha venido en busca de empleo.

Mma Makutsi fue a decir algo, pero Violet se lo impidió al continuar.

—Habrá oído hablar de nuestra agencia. Somos lo que ahora se llama «cazadores de cabezas». Encontramos gente de primera para trabajos de primera.

—Debe de ser interesante —dijo Mma Makutsi—. Yo me preguntaba si...

—Desde luego, muy interesante —dijo Violet. Miró inquisitivamente a Mma Makutsi—. Pero yo pensaba que usted tenía ya un buen empleo —prosiguió—. ¿No trabaja para esa mujer gorda que tiene una agencia de detectives al lado de ese apestoso taller? Me habían dicho que trabajaba allí...

—La mujer a la que se refiere es Mma Ramotswe —dijo Mma Makutsi—. Y el taller se llama Speedy Motors, y lo regenta un tal...

Violet la interrumpió de nuevo.

—Sí, bueno. O sea que se ha quedado sin ese empleo, ¿no?

Mma Makutsi dio un respingo. Era ultrajante que Violet, aquella cincuenta por ciento (como mucho) de persona se imaginara que la habían despedido de la Primera Agencia de Mujeres Detectives.

—¡Ni hablar! —exclamó—. ¡Yo no me he quedado sin empleo! Lo he dejado por propia iniciativa.

Violet la miró sin dar muestras de retractarse.

—Oh, pues claro, Mma. Por supuesto. Aunque a veces, ya sabe, la gente lo deja antes de que la echen. Usted no, naturalmente, pero esas cosas pasan...

Mma Makutsi inspiró hondo. Si se dejaba vencer por la ira, o al menos permitía que aflorara a la superficie, estaría en manos de Violet. Así pues, sonrió gentilmente y asintió en señal de conformidad.

—En efecto, Mma. Muchas personas dicen que renuncian a su puesto de trabajo cuando en realidad las han despedido. Usted conocerá numerosos ejemplos, seguro. Pero yo dejé mi empleo porque necesitaba un cambio. Y por eso estoy aquí.

El tono sumiso pareció ser del agrado de Violet.

—Veré qué tengo para usted —dijo lentamente, sin dejar de mirar a Mma Makutsi—. Pero le advierto que no puedo hacer milagros. Verá, el problema es que... El problema está en, cómo le diría, la presentación. Las empresas modernas necesitan tener muy buena imagen, causar impacto, no sé si me explico. Y eso significa que el personal de categoría ha de ser muy presentable, tiene que tener muy... buen aspecto. Así son las cosas. —Rebuscó en unos papeles que tenía sobre la mesa—. Ahora mismo tenemos unas cuantas vacantes de alto nivel. Un puesto de secretaria personal para un alto ejecutivo; otro de secretaria del director general de un banco. Pero no estoy segura de que sea usted la persona idónea para ello, Mma. Quizá mejor en algún ministerio o algo así. —Hizo una pausa—. Digo yo, ¿ha pensado en marcharse de Gaborone? Quizá encontraría algo en Lobatse, Francistown o algo parecido. No crea, a mucha gente le gustan esos sitios. Allí no pasa gran cosa, desde luego, pero la vida es bastante tranquila.

Mma Makutsi observó a Violet mientras ésta hablaba. Su expresión denotaba muchas cosas; eso se lo había enseñado Mma Ramotswe, quien le había dicho que el verdadero significado de lo que uno decía estaba escrito en los músculos faciales. Y la cara de Violet hablaba por sí sola; estaba tratando de menospreciarla, de humillarla deliberadamente, a buen seguro por envidia (Violet estaba al corriente de su idilio con Phuti Radiphuti y de que era un hombre adinerado), o tal vez por la enorme diferencia en los exámenes finales de la Escuela de Secretariado Botsuana, pero sobre todo por pura malicia, seguramente, algo que solía surgir en las personas sin motivo aparente y que estaba fuera de toda lógica.

Se puso de pie.

—Creo que no tiene nada interesante para mí —dijo.

Violet se sofocó un poco.

—Yo no he dicho eso, Mma.

—A mí me parece que sí —replicó Mma Makutsi—. Creo que lo ha dicho muy claro. A veces las personas no necesitan abrir la boca para decir las cosas.

Fue hacia la puerta. Le pareció, por un momento, que Violet iba a decir algo, pero no fue así. Mma Makutsi la miró por última vez y luego salió de la oficina, saludando educadamente con la cabeza a la recepcionista al ir hacia la salida. «Mma Ramotswe estaría orgullosa de mí —pensó—; ella siempre decía que devolver grosería por grosería era un gran error, pues de esa manera no le enseñabas ninguna lección a la otra persona». Y en eso llevaba razón, pensó Mma Makutsi, como en casi todas las cosas. De pronto vio la cara de su amiga y oyó su voz como si la hubiera tenido delante. Mma Ramotswe se habría reído de Violet; habría dicho de sus insultos: «Naderías, Mma, cosas de una mujer infeliz. No vale la pena ni pensar en ello».

Mma Makutsi salió a la calle y se encaminó hacia su casa. El sol estaba en lo alto y ahora calentaba más. Podía tomar un minibús que la acercara a su casa, pero decidió ir andando. Había recorrido una corta distancia cuando notó que se le rompía el tacón de un zapato, el derecho. Tuvo que quitarse los dos, ya que el derecho había quedado inservible. Cuando vivía en Bobonong, muchas veces había ido descalza, de modo que tampoco era tan grave. Pero la mañana no estaba saliendo bien, y se sintió desdichada.

Continuó andando. Cerca de un trecho de matorral desbrozado que el colegio utilizaba para la práctica de deportes, se pinchó en el pie derecho. Le fue fácil extraer la púa, pero para ser una cosa tan pequeña le dolía mucho. Se sentó en una piedra para masajearse el pie hasta que el dolor empezó a menguar. Mientras estaba en eso, levantó la vista al cielo, pensando que quienquiera que hubiese allá arriba —si es que había alguien— no parecía muy preocupado por los terráqueos. Seguro que allí no había pinchos, ni mala educación, ni tacones rotos...

En el momento en que se ponía de pie y agarraba los zapatos, un desvencijado taxi azul pasó por delante, y su conductor tenía el brazo derecho tranquilamente apoyado en el marco de la ventanilla.* Y ella pensó: «Eso es muy peligroso, si pasa otro coche y se arrima demasiado, adiós brazo».

---

* Al haber sido Botsuana un protectorado británico, se conduce por la izquierda. *(N. del T.)*

Sin saber por qué, levantó ella el suyo a tiempo. El taxi se detuvo.

—A Tlokweng Road, por favor —dijo—. ¿Sabe ese viejo taller? Pues allí. A la Primera Agencia de Mujeres Detectives.

—Eso está hecho, Mma —dijo el taxista. No era mal educado. Era un hombre cortés y le dio conversación durante el trayecto.

—¿Cómo es que va a ese sitio, Mma? —preguntó mientras esperaban en el semáforo del cruce de cuatro caminos.

—Porque ahí es donde trabajo —respondió ella—. Me he tomado la mañana libre, y ahora me toca volver.

Miró el zapato roto, que descansaba ahora sobre su regazo. Qué triste espectáculo: era como mirar un cuerpo sin vida. Se quedó un rato mirándolo como si lo desafiara a regañarla. Pero el zapato no hizo tal cosa, y a ella sólo le pareció oír una vocecita que decía: «Se ha salvado por los pelos, jefa. Iba en la dirección equivocada, por si no lo sabía. Los zapatos entendemos de estas cosas».

Si para Mma Makutsi había sido una mañana nada memorable, otro tanto ocurría en el recinto compartido por la Primera Agencia de Mujeres Detectives y el taller Speedy Motors de Tlokweng

Road. En la pequeña oficina de Mma Ramotswe, la mesa antes ocupada por Mma Makutsi parecía como abandonada, desnuda de papeles, con sólo un par de lápices y la máquina de escribir encima. Si en el archivador de detrás solía haber tres tazas, además de la tetera y el hervidor para el agua, ahora había sólo dos, la de Mma Ramotswe y una para el cliente. La ausencia de la taza de Mma Makutsi, un objeto tan pequeño y a la vez tan grande por lo que representaba, sólo parecía confirmar que la oficina se había quedado sin corazón, o así pensaba Mma Ramotswe. Claro que se podían tomar medidas al respecto, como invitar al señor Polopetsi a que dejara allí su tazón en lugar de tenerlo colgado de un gancho en el taller, junto a las herramientas. Pero no sería lo mismo; además, era imposible imaginarse al señor Polopetsi en la silla de Mma Makutsi; por muy bien que le cayese a Mma Ramotswe, era un hombre, y el espíritu fundacional de la Primera Agencia de Mujeres Detectives, su verdadera máxima, era que en este negocio las mujeres estaban al timón. Y no porque ellos no pudieran hacer el trabajo —podían, sí, siempre y cuando se tratara de hombres idóneos, hombres perspicaces—, sino simplemente porque la agencia siempre había sido regentada por mujeres y esto le daba su estilo peculiar. En este mundo, pensaba Mma Ramotswe, había sitio para cosas hechas por hombres y cosas hechas por mujeres; a veces los papeles eran intercambiables, pero no siempre. Tanto en un sentido como en el otro, por supuesto.

Se sentía sola. Pese a los ruidos que llegaban del taller, pese a que justo al otro lado de la pared de la oficina estuviera el señor J.L.B. Matekoni, su marido y mejor colaborador, se sentía sola, privada de algo. Una tía suya de Mochudi le había explicado una vez que poco después de enviudar veía a su difunto marido en los cuartos vacíos, en los sitios donde le gustaba sentarse al sol, o volviendo por el sendero que solía tomar siempre; y no eran espejismos, no, sino la mente que se dolía, una expresión de su tristeza y su añoranza. Hacía sólo un momento, Mma Ramotswe había levantado varias veces la vista al creer oír la voz de Mma Makutsi, o al tener la sensación de que algo se había movido en la otra parte de la oficina. Esto sí era un efecto óptico, claro está, pero no por ello dejó de ratificar el hecho de que ahora estaba sola.

Y no resultaba fácil. Mma Ramotswe se bastaba normalmente a sí misma, no necesitaba más compañía. Solía sentarse en la galería de Zebra Drive a tomar su té en perfecta soledad, sin otra compañía que la de los pájaros o la de los diminutos guecos que trepaban por las columnas y el techo. Pero en una oficina necesitabas hablar con alguien, aunque sólo fuera para dar un toque más humano al lugar. Casas, galerías y jardines tenían un aire humano; las oficinas no. Una oficina con sólo una persona dentro era como una estancia sin muebles.

Al otro lado de la pared, el señor J.L.B. Matekoni experimentaba un abatimiento parecido. En su caso no era quizá tan agudo, pero sí real, una sensación de que faltaba algo. Era como lo que una familia debía de sentir, pensaba, al sentarse para una cena especial y ver un asiento vacío. Le caía bien Mma Makutsi; siempre había admirado su coraje y su determinación. No le gustaba hacerla enfadar, eso no, porque podía ser muy quisquillosa, y por lo demás no le parecía que manejara demasiado bien a los aprendices. Bueno, de hecho no sabía manejarlos en absoluto, pensaba el señor J.L.B. Matekoni, pero éste no se había atrevido nunca a sugerirle que tal vez debería cambiar su modo de hablar a los chicos (de acuerdo, eran un par de inútiles). Por otro lado, Charlie iba a marcharse pronto, en cuanto hubiera terminado de hacer unos ajustes al viejo Mercedes y obtuviera la licencia para conducir taxis. El taller no sería igual sin él; a pesar de los pesares faltaría algo, pensaba el señor J.L.B. Matekoni.

Desde el otro extremo del taller, donde se disponía a elevar un vehículo en la rampa hidráulica, Charlie dirigió la vista hacia el señor J.L.B. Matekoni y dijo al aprendiz más joven, que estaba a su lado:

—Espero que el jefe no piense que ella se ha ido por mi culpa. Espero que no.

El otro se pasó la manga del mono de trabajo por la nariz.

—¿Por qué lo dices, Charlie? ¿Qué tiene que ver contigo? —dijo—. Ya sabes cómo era ésa: todo el día chinchando. Me juego algo a que el jefe se alegra de que se haya largado.

Charlie reflexionó brevemente sobre esta posibilidad, y acabó por descartarla.

—A él le cae bien. Lo mismo que a Mma Ramotswe. Hasta puede que te caiga bien a ti. —Miró al más joven y frunció el ceño—. ¿Qué? ¿Te cae simpática Mma Makutsi?

El otro se sintió visiblemente incómodo.

—No me gustan nada sus gafas —dijo—. ¿De dónde demonios habrá sacado esas gafotas?

—De un catálogo industrial —dijo Charlie.

El más joven soltó una carcajada.

—Y los zapatos... Se cree que va muy elegante con esos zapatos que se pone, pero ninguna de las chicas que conozco querría morirse con esos zapatos puestos.

Charlie puso cara de pensar.

—¿No sabías que cuando te mueres te quitan los zapatos?

—¿Y por qué? —preguntó, preocupado, el otro aprendiz—. ¿Qué hacen luego con los zapatos?

Charlie pasó un paño por la esfera del panel desde donde se controlaba la rampa hidráulica.

—Se los quedan los médicos —dijo—. O las enfermeras. La próxima vez que veas a un médico, mírale los zapatos. Todos tienen zapatos muy elegantes. A montones. Eso es porque cuando la palmas...

No terminó la frase. Un taxi azul acababa de parar frente al taller y alguien estaba procediendo a apearse.

Capítulo

10

Pequeña mujer de negocios

La irrespirable atmósfera que había dominado aquella mañana se despejó con la reincorporación de Mma Makutsi a su puesto habitual. El encuentro, tan efusivo y cargado de emoción como si Mma Makutsi hubiera estado ausente varios meses, o incluso años, había hecho enrojecer a los hombres, quienes apartaron la vista tras intercambiar una mirada, como sintiéndose culpables de intrusión en misterios fundamentalmente femeninos. Pero cuando el ulular de Mma Ramotswe se hubo extinguido y el té estuvo a punto, todo volvió a la normalidad.

—¿Por qué se largó, si pensaba volver dentro de cinco minutos? —preguntó el más joven de los aprendices.

—Es porque no piensa como el resto de la gente —respondió Charlie—. Mma Makutsi piensa al revés.

El señor J.L.B. Matekoni, que oyó los comentarios, meneó la cabeza.

—Saber cambiar de parecer cuando uno comprende que se ha equivocado —dijo—, es un signo de madurez. Lo mismo pasa con las reparaciones. Si te das cuenta de que no vas por buen camino, no dudes en enmendar tu error. Por ejemplo, si estás cambiando la junta de aceite de una caja de cambios, quizá intentes ahorrar tiempo haciéndolo sin desmontar la caja. Pero siempre es más rápido si quitas la caja; de lo contrario, acabas desmontando el suelo y de todos modos tienes que quitar la parte superior de la caja, además del árbol de transmisión. O sea que es mejor parar y admitir que uno se ha equivocado, en vez de seguir adelante y estropear alguna cosa.

Charlie escuchó la desacostumbradamente larga alocución del señor J.L.B. Matekoni y luego apartó la vista, preguntándose si aquello era un ejemplo escogido a voleo o si el señor J.L.B. Matekoni sabía que él había estado intentado instalar una junta de aceite en el viejo todoterreno Ford. ¿Cómo se habría enterado?

En la agencia hicieron muy poca cosa aquella tarde. Mma Makutsi volvió a organizar su escritorio a su gusto: los papeles en su sitio, los lápices afilados y colocados de la manera correcta, las carpetas sacadas del archivador y puestas sobre la mesa para mirarlas con calma. Mma Ramotswe observó muy satisfecha toda la operación y, después de ofrecerse a preparar el té —cosa que Mma Makutsi declinó cortésmente, señalando que no había olvidado en absoluto sus cometidos—, preguntó a su ayudante si le apetecía tomarse el resto de la tarde libre.

—Quizá tiene compras que hacer —le dijo—. Ya sabe que cuando tenga que hacer ese tipo de recados, puede tomarse todo el tiempo que sea menester.

Mma Makutsi, aunque muy complacida al oír estas palabras, declinó nuevamente la invitación. Había cosas que archivar, dijo; era increíble lo rápido que se acumulaba el trabajo; te dabas la vuelta unas pocas horas y ¡hala!, una montaña de papeles por archivar. Mma Ramotswe pensó que otro tanto ocurría con el trabajo de investigación.

—Normalmente —dijo—, solucionas un caso y aparece otro. Mañana por la mañana espero visita. La verdad es que debería entrevistarme con varias personas por el asunto del hospital, pero tendré que quedarme aquí para hablar con esa persona. A menos que...

Miró hacia donde estaba Mma Makutsi, ocupada ahora en limpiar las lentes de sus gafas con aquel raído pañuelo suyo, y pensó que era muy curioso que ahora, teniendo posibilidades de comprarse no un pañuelo nuevo sino una docena, continuara siendo fiel al viejo. La gente era así: se aferraba a las cosas que más quería.

Una vez limpias, Mma Makutsi se puso las gafas redondas otra vez, miró a Mma Ramotswe y dijo:

—¿A menos que...?

Mma Ramotswe siempre había insistido en ser ella quien viera primero al cliente, aunque después el asunto pudiera ser delegado a su ayudante. Pero las cosas tenían que cambiar y tal vez había llegado el momento del cambio. Si Mma Makutsi ascendía a detective adjunto, tendría la oportunidad de tratar de primera mano con los clientes. Lo único que habría que hacer sería girar la silla del cliente de manera que mirase hacia su mesa, la de Mma Makutsi.

—A no ser que usted, en calidad de detective adjunto, se entrevistara con el cliente y se hiciera cargo del caso. —Mma Ramotswe hizo una pausa. El sol de la tarde entraba sesgado por la ventana y ahora iluminaba la cabeza de Mma Makutsi, reflejándose en los cristales de sus gafas.

—Por supuesto —dijo Mma Makutsi en voz baja. Detective adjunto. ¡Ella! Todo el caso para ella sola—. Por supuesto —repitió—. Sería una posibilidad. ¿Mañana por la mañana, dice? Naturalmente, Mma. Déjelo de mi cuenta.

La mujer menuda que estaba sentada en la silla de los clientes (ahora enfocada al escritorio de Mma Makutsi) miró a la detective adjunta.

—¿Mma...? —dijo.

—Makutsi. Yo soy Grace Makutsi.

—Me habían dicho que había una tal Mma Ramotswe. La gente habla muy bien de ella.

—Sí, hay una mujer con ese nombre —dijo Mma Makutsi—. Es mi colega de trabajo. —La palabra «colega» le provocó un quiebro en la voz. Mma Ramotswe era su colega, naturalmente; también era su jefa y la persona que le pagaba, pero nadie decía que un jefe no pudiera ser también un colega—. Trabajamos en asidua colaboración, ¿sabe? Somos socias. Es por eso que me ocupo yo de este caso. Ella está llevando a cabo otra investigación.

La mujer dudó un poco, pero finalmente pareció aceptar la situación. Se inclinó un momento hacia delante, y Mma Makutsi le notó una expresión casi suplicante, la de alguien que necesita algo con desesperación.

—Mi nombre es Magama, pero casi nadie me llama así. Me llaman Teenie.

—Claro, será porque... —Mma Makutsi calló a tiempo.

—Porque siempre me han llamado así —dijo Teenie—. Teenie es un buen nombre para una persona pequeña, ¿no le parece?*

—Tampoco es que sea tan pequeña —dijo Mma Makutsi. «¡Sí que lo es!», pensó. Tremendamente pequeña.

—He visto personas más bajas que yo —dijo Teenie, agradecida.

—¿Y dónde? —Mma Makutsi no había tenido intención de hacer esa pregunta, pero se le escapó.

Teenie se limitó a señalar vagamente hacia la ventana.

—Bueno, Mma —dijo Mma Makutsi—. Si quiere usted explicarme el motivo de su visita...

Observó los ojos de su cliente mientras ésta hablaba. La mirada implorante que acompañaba cada frase era desconcertante.

—Verá usted, yo tengo un negocio —dijo Teenie—. Un buen negocio. Se trata de una imprenta. En ella trabajan nada menos que diez personas. La gente me ve y piensa que soy demasiado pequeña

---

* *Teenie* en inglés significa «chiquitina». *(N. del T.)*

para tener un negocio como ése, les sorprende mucho. Pero, digo yo, ¿qué más da la estatura? ¿No?

Mma Makutsi se encogió de hombros.

—Por supuesto. Es que hay gente muy estúpida.

Teenie estuvo de acuerdo.

—Y que lo diga, Mma. Lo que cuenta es lo que hay aquí dentro —dijo, señalándose la cabeza.

Mma Makutsi no pudo evitar fijarse en que también la cabeza era muy pequeña. ¿Influiría el tamaño del cerebro en sus prestaciones?, se preguntó. Las gallinas tenían un cerebro muy pequeño pero los elefantes lo tenían mucho más grande, y menuda diferencia.

—Monté el negocio con mi difunto marido —prosiguió Teenie—. Lo atropellaron en la carretera de Lobatse hace once años.

Mma Makutsi bajó la vista. También él debía de ser muy menudo; el conductor en cuestión quizá no le vio.

—Lo siento, Mma. Es una gran pena.

—Sí —dijo Teenie—. Pero yo tenía que seguir adelante y así lo hice. El negocio prosperó. Compré una nueva máquina alemana que nos convirtió en una de las imprentas más baratas del país. Imprimimos cualquier cosa que nos encarguen. Policromía. Laminados. Lo que sea.

—Eso está muy bien —dijo Mma Makutsi.

—Si quieren podemos hacerles un calendario para el año que viene —dijo Teenie, mirando las casi desnudas paredes, pero fijándose en que tenían el calendario que ellos habían impreso—. Veo que alguien les ha regalado nuestro calendario. Si lo mira bien, notará la calidad de la impresión. O podríamos hacerles unas tarjetas de visita. ¿Usted tiene tarjetas, Mma?

La respuesta era negativa, pero la idea caló hondo. Si eras detective adjunto, qué menos que tener una tarjeta de visita, pensó Mma Makutsi. Su jefa, Mma Ramotswe, no usaba tarjetas, pero era menos por el gasto que por su talante tradicional.

—Me gustaría tener una tarjeta de visita —respondió—. Y sería estupendo si me la hiciera usted.

—Descuide —dijo Teenie—. Podemos descontar el precio de sus honorarios.

No era eso lo que Mma Makutsi tenía en mente, pero ya había dicho que sí. Pidió a su cliente que prosiguiera con el relato.

Teenie se sentó más hacia el borde de la silla y Mma Makutsi vio que sus pies apenas si rozaban el suelo.

—Yo trato muy bien a todos mis empleados —dijo Teenie—. Nunca les pido que trabajen más horas de la cuenta. Tienen tres semanas de vacaciones, por supuesto pagadas. A partir de dos años, todo el mundo recibe una bonificación. ¡Sólo dos años, Mma! En algunas empresas hay que esperar lo menos diez.

—Su personal debe de estar muy contento —observó Mma Makutsi—. No todo el mundo trata tan bien a sus trabajadores.

—Cierto —dijo Teenie. Frunció el entrecejo antes de continuar—: Pero, si tan contentos están, ¿cómo es que un miembro del personal me está robando? Es lo que no acabo de entender, francamente. Alguien roba material: papel, tintas. El armario de suministros está siempre medio vacío.

Mma Makutsi se había esperado esto desde el momento en que Teenie había hablado de personal; era una de las quejas más comunes entre los clientes de la Primera Agencia de Mujeres Detectives, aunque no tanto como lo del marido infiel. Botsuana no era un país deshonesto —todo lo contrario, en realidad—, pero parecía inevitable que algunos robaran, estafaran o hicieran cualquiera de las cosas desgradables de las que la humanidad era heredera. Todo eso había empezado mucho tiempo atrás, pensaba Mma Makutsi, cuando las cosas se torcieron en no sé qué paraíso y alguien agarró una piedra y la lanzó contra otro. Lo llevábamos grabado, inscrito en la sangre. De niños tenían que enseñarnos a reprimir esos impulsos, a contenernos; tenían que enseñarnos a respetar los sentimientos de los demás. Y ahí, creía ella, empezaba el conflicto. Algunos niños no recibían esas enseñanzas, o no aprendían, o estaban dominados por un impulso interior que les impedía sentir y comprender. Y más adelante, cuando estos niños se hacían mayores, poca cosa se podía hacer aparte de frustrar sus planes. Oh, claro, Mma Ramotswe decía que podías ser bueno con ellos, mostrarles el camino, pero Mma Makutsi tenía sus dudas: uno podía pasarse de bueno, pensaba ella.

—Mire —dijo—, la gente roba. Por más bien que los trates, siempre hay alguno que roba. Incluso dentro de la propia familia, de la propia casa. Sucede a menudo...

Teenie fijó en Mma Makutsi sus suplicantes ojos, y ésta pensó que la mujer que tenía delante tal vez deseaba oírle decir que la gente no robaba, que el mundo era un sitio ideal donde estas cosas no sucedían. Pero ella, Mma Makutsi, no podía decirle semejante cosa, porque... porque sería absurdo. El mundo era como era y qué se le iba a hacer.

—Lo siento, Mma —continuó—. Es evidente que eso le causa mucha pena.

Teenie no pudo estar más de acuerdo.

—Es como si te clavaran algo aquí —dijo, llevándose una mano al pecho, sobre el esternón—. Una sensación horrible. Este ladrón no es alguien que actúa de noche, a escondidas; no, es alguien a quien ves a diario, que te sonríe, que te pregunta qué tal estás. Es uno de tus hermanos o hermanas.

Mma Makutsi podía entenderlo muy bien. A ella le habían robado cuando estudiaba en la Escuela de Secretariado Botsuana. Alguien de la clase le había cogido el bolso. Dentro llevaba todo el dinero para aquella semana, que sin ser gran cosa sí era vital hasta el último thebe. Ahora no podría comprar comida y dependería de la ayuda de otros. ¿Se daba cuenta de eso la persona que le había robado? ¿Habría actuado igual de haber sabido que la pérdida de ese dinero significaría pasar hambre?

—Sí, es doloroso —dijo. Había pasado hambre durante dos días porque su orgullo no le había permitido pedir. Luego, una amiga que se había enterado de lo ocurrido se ofreció a compartir con ella su comida.

Mma Makutsi juntó las manos; sería preciso dejar a un lado estos comentarios sobre la condición humana y volver al caso que las ocupaba.

—¿Quiere que averigüe quién es el ladrón? —preguntó, mirando muy seria a Teenie; era necesario hacerle saber que estas cosas no resultaban nada fáciles—. Cuando hay robos por parte de alguien de dentro —dijo—, la cosa no siempre es sencilla. Le diré más: puede ser muy difícil descubrir al culpable. Tenemos que investigar los gastos de cada persona, ver si alguien lleva un tren de vida superior a sus medios... Ésa es la manera, pero ya le digo que no va a ser fácil.

La expresión de Teenie cambió ligeramente: ahora traslucía una cierta confianza en sí misma.

—Sí será fácil, Mma —dijo—. Porque yo puedo decirle quién es la persona que me está robando. Sé exactamente quién es.

Mma Makutsi no pudo ocultar su sorpresa:

—¿Ah, sí?

—Sí. Puedo señalar al culpable. Sé muy bien quién es.

«Vaya —pensó Mma Makutsi—, si sabe quién es el responsable de esos robos, ¿qué pinto yo aquí?».

—Entonces —dijo—, ¿qué es lo que quiere que haga? Usted ya ha investigado por su cuenta, a lo que parece.

Teenie se lo tomó con calma.

—No puedo demostrar nada —empezó—. Sé quién es pero no tengo pruebas. Eso es lo que quiero que encuentre usted. Pruebas. Así podré despedir a esa persona. Así lo exige la ley del empleo: primero pruebas, luego despido.

Mma Makutsi sonrió. Clovis Andersen, en *Principios básicos para detectives privados,* decía algo al respecto. «El detective no sabe nada hasta que sabe por qué lo sabe», escribía el autor. Y Mma Ramotswe, que fue, naturalmente, quien le leyó a Mma Makutsi este fragmento agitando un dedo conminatorio, había matizado la frase diciendo que, si bien esto era cierto en general, a veces ella sabía que sabía algo gracias a una sensación especial. No obstante, había añadido, lo que afirmaba Clovis Andersen era correcto por lo demás.

—Tendrá que decirme por qué piensa que sabe quién es el ladrón —dijo Mma Makutsi—. ¿Ha visto usted a esa persona cogiendo algo?

Teenie tardó un poco en responder:

—No exactamente.

—Ah.

Se produjo un corto silencio.

—¿Alguien más le ha visto coger algo? —preguntó Mma Makutsi.

—No —contestó Teenie—. Que yo sepa, no.

—Entonces, ¿puedo preguntarle, Mma, cómo sabe usted quién es la persona que le roba?

Teenie cerró los ojos.

—Por su simple apariencia, Mma. Verá, este hombre que roba cosas tiene pinta de bribón. No es una buena persona, eso se lo noto.

Mma Makutsi alcanzó un pedazo de papel y anotó unas palabras. Teenie vio moverse el lápiz de lado a lado, y luego miró expectante a Mma Makutsi.

—Debería ir a echar una ojeada a la imprenta —dijo ésta—. Tendremos que buscar una excusa para mi visita; nadie debe saber que yo soy detective.

—Podría hacerse pasar por inspectora de Hacienda —propuso Teenie.

Mma Makutsi se echó a reír:

—No creo que sea muy buena idea —dijo—. Pensarán que los persigo por morosos. No, sería mejor decirles que soy un cliente interesado en hacer un encargo muy importante, pero que primero quiero cerciorarme de que las cosas se hacen bien. Yo creo que eso colará.

Teenie se mostró de acuerdo. ¿Estaría disponible Mma Makutsi esa tarde? Todo el personal estaría en el taller, incluido el sospechoso, y así podría conocerlos.

—¿Cómo sabré quién es la persona de quien sospecha? —preguntó Mma Makutsi.

—Lo sabrá en cuanto le vea —dijo Teenie—. Se lo aseguro.

Cuando miró a Mma Makutsi, sus ojos aún parecían implorar.

Capítulo
11

El doctor Cronje

Mientras Mma Makutsi hablaba con su diminuta cliente, Mma Ramotswe hizo el breve trayecto hasta Mochudi; cuarenta minutos si no te entretenías, una hora si divagabas. Y ella divagó, vaya que sí, aminorando la marcha para contemplar unas vacas que se habían acercado a la carretera. Bueno, al fin y al cabo era hija de su padre, y Obed Ramotswe nunca había perdido ocasión de echar un experto vistazo al ganado. Su hija Precious había heredado un poco de ese talento, aunque su ojo para las vacas nunca sería tan bueno como lo fuera el de su padre. Obed tenía grabados en la memoria linajes enteros, como en un relato bíblico donde se explica quién engendró a quién; conocía a cada uno de los animales, sus cualidades y características. Y ella, su hija, siempre había alimentado el sueño de que al morir él, en el instante mismo en que ese pedacito de Botsuana fallecía, las vacas se enteraron de un modo o de otro. Sí, sabía que era imposible, que era puro sentimentalismo, pero pensarlo le había aportado consuelo. Cuando morimos hay adioses hablados y adioses tácitos, y la imaginada despedida de las vacas pertenecía a estos últimos.

Le pareció que las vacas que había junto a la carretera no estaban en demasiado buen estado. En esta época del año disponían de poco pasto, faltaban meses para que llegaran las lluvias y la hierba que había estaba seca y quebradiza. Bueno, las vacas siempre encontraban algo, unas hojas, algún resto de vegetación que les proporcionara sustento; pero estos animales tenían un aspecto patético. Probablemente era resposablidad del dueño, dedujo Mma Ramotswe mientras proseguía su camino. Para empezar, no era bueno dejarlas en un sitio así. No sólo corrían peligro las vacas, también, y muy especialmente, quienes conducían por aquí de noche. Las había de un tono que parecía fundirse a la perfección con la oscuridad; un automovilista que doblara una curva o culminara un cambio de rasante podía verse de pronto frente a una de estas reses y no tener tiempo para reaccionar. En un caso así, quienes iban dentro del vehículo podían quedar empalados en los cuernos de la vaca al incrustarse ésta en el parabrisas; era algo que sucedía bastante a menudo. Mma Ramotswe se estremeció y procuró concentrarse en el sinuoso asfalto. Vacas, cabras, niños, otros automovilistas: la carretera escondía muchos peligros.

Para cuando llegó a Mochudi, ya era tarde. Su reloj marcaba las doce, y ella había quedado a menos cuarto con el doctor en un restaurante de las afueras; él le había explicado que tenía que almorzar temprano pues debía estar de nuevo en el hospital a las dos. Mma Ramotswe se preguntó si la esperaría; obedeciendo a un impulso, le había telefoneado para pedirle una entrevista; muchos habrían declinado una invitación como ésa, pero el doctor había accedido sin sondearla sobre los motivos que ella pudiera tener. Mma Ramotswe sólo le había dicho que era amiga de Tati Monyena y, por lo visto, eso había sido suficiente.

Mochudi contaba con varios restaurantes, la mayoría de ellos locales muy pequeños, cuando no un simple banco desvencijado junto a un cobertizo donde servían gachas y mazorcas de maíz asadas; platos sencillos pero nutritivos y deliciosos. Luego estaban los establecimientos donde se servía alcohol, que eran más grandes y ruidosos. Algunos de éstos solían tener problemas con la policía y las autoridades tribales por las molestias que originaban y su actitud de manga ancha respecto a la hora de cierre. A Mma Ramotswe no le gustaban estos locales; eran demasiado oscuros por dentro, y los parroquianos, entre cerveza y cerveza, siempre estaban enzarzados en interminables y acalorados debates.

Había, sin embargo, un buen restaurante provisto de un bonito jardín con mesas. La cocina se veía limpia, la comida era sana, y las camareras gustaban de entablar conversación. Mma Ramotswe solía ir por allí cuando le parecía necesario ponerse al día sobre las novedades de Mochudi, y en esas ocasiones alargaba la comida hasta dos o tres horas, charlando o simplemente contemplando los pájaros que jugaban entre las ramas del árbol al pie del cual se sentaba. Era un buen sitio para los pájaros, un restaurante amigo de las aves, las más confiadas de las cuales descendían hasta el suelo para picotear las migas que había bajo las mesas: minúsculos pinzones cebra, bulbules, o pájaros vulgares cuyo nombre, de tenerlo, ella desconocía.

La mini furgoneta blanca se detuvo frente al restaurante y Mma Ramotswe salió. En la entrada al jardín había una acacia grande, sombrilla perfecta para el sol, y un perro yacía justo al borde de la sombra calada del árbol, sus ojos semicerrados, gozando del sol invernal. Un par de moscas recorrían la parte más estrecha de su hocico, pero el perro no parecía enterarse. Mma Ramotswe vio que sólo una de las mesas del exterior estaba ocupada y dedujo que se trataba del doctor. Mitad xhosa, mitad afrikáner: sólo podía ser él.

—¿Doctor Cronje?

El hombre levantó la vista del artículo en hojas fotocopiadas que estaba leyendo. Mma Ramotswe reparó en las gráficas que acompañaban el texto, las tablas de resultados. Detrás de lo que le pasaba a cada uno —que si tos, que si dolor, que si fiebre— había estas implacables cifras.

Él empezó a ponerse de pie, pero Mma Ramotswe le indicó por señas que permaneciera sentado.

—Siento mucho llegar tarde. Es culpa mía: conduzco demasiado despacio.

Se fijó en que el doctor Cronje tenía los ojos verdes y que su piel era de un marrón muy claro, color de chocolate con leche, una mezcla de África y Europa.

—Conducir despacio... —dijo él—. Si todo el mundo hiciera eso, Mma, no tendríamos tanto trabajo en el hospital.

Una camarera fue a tomarles nota. El doctor guardó lo que estaba leyendo en una pequeña carpeta, miró a Mma Ramotswe y dijo:

—El señor Monyena nos avisó de que usted tal vez querría hablar con alguien, de modo que aquí estoy. Él es quien manda.

Hablaba de manera educada, pero en su tono de voz había cierta rotundidad. «Eso lo explica todo —pensó Mma Ramotswe—. Eso explica por qué no puso ningún reparo».

—Supongo que está usted al corriente de que se me ha pedido que investigue esas extrañas muertes, ¿no es así?

—En efecto —dijo él—. Aunque, la verdad, no sé para qué necesitamos a otra persona. Ya se hizo una investigación interna. El propio señor Monyena estuvo en ello. ¿Para qué otra más?

Eso interesó a Mma Ramotswe. Tati Monyena no había dicho nada de una investigación interna; debió de ser un descuido.

—¿Y a qué conclusión llegaron? —preguntó.

El doctor Cronje puso los ojos en blanco, indicando un evidente desprecio por las pesquisas internas.

—¿Conclusión? Ninguna. Cero absoluto —dijo—. El problema fue que ciertas personas no se decidieron a reconocer lo que era obvio. Técnicamente, puede decirse que la investigación no apartó resultados.

La camarera apareció con las bebidas: una tetera de rooibos para Mma Ramotswe y un café para el doctor. Después de servirse el té y tomar un sorbo, Mma Ramotswe preguntó:

—¿Qué cree que habría tenido que hacerse? Quiero decir, si hubiera participado usted en la investigación.

El doctor sonrió —por primera vez, le pareció a ella—, y no fue una sonrisa que durase mucho.

—Yo participé —dijo.

—¿De veras?

—El equipo estaba formado por el superintendente del hospital, el señor Monyena, una de las enfermeras de más antigüedad, alguien elegido por el jefe Linchwe, y yo. Nadie más.

Mma Ramotswe tomó otro sorbo de té. Alguien estaba tocando música dentro del restaurante y por un momento creyó reconocer la canción, pues era una que había tocado su ex marido, el trompetista Note Mokoti. Contuvo la respiración; Note estaba lejos, había desaparecido de su vida, pero cada vez que oía su música —cosa que ocurría a veces—, sentía una punzada. Pero ésta era una canción diferente, un poco parecida a la que él interpretaba, pero no la misma.

—Cuando dice que la gente no quiso reconocer lo más obvio, ¿a qué se refiere, Rra?

El doctor tocó el borde de su taza, surcándolo con el dedo índice.

—Causas naturales —dijo—. Fallo cardíaco y pulmonar en dos de los casos. Renal en el otro. Yo opino que el asunto está cerrado, Mma... Mma...

Ya había empleado antes su apellido, pero ella volvió a decírselo:

—Ramotswe.

—Sí. Ramotswe. Perdón.

Se quedaron un rato callados. El doctor miró hacia el árbol, como si intentara encontrar algo allá arriba. Ella le vio buscar con la mirada. Los ojos verdes eran de su parte afrikáner, pero la blandura de su rostro, por más que masculina, venía de la madre, venía de África.

—O sea que no se puede hacer nada más —dijo Mma Ramotswe.

El doctor no respondió al momento; continuaba con la vista fija en las ramas.

—Ésa es mi opinión —dijo al cabo—. Pero las habladurías continuarán, lo mismo que los dedos acusadores...

—Acusando ¿a quién? —preguntó ella.

—A mí —dijo el doctor, y la miró a los ojos—. Sí, a mí. Hay gente en el hospital que dice que traigo mala suerte. Me miran de esa manera tan típica de aquí, ya sabe, como si te tuvieran un poco de miedo. No dicen nada, pero te miran.

No le resultó fácil a Mma Ramotswe responder a esto. Tuvo la sensación de que el doctor Cronje era de esas personas que nunca encajaban en ninguna parte. Eran, por así decir, intrusos perpetuos; se los trataba con una reserva que fácilmente podía degenerar en recelo, y dicho recelo distaba poco de convertirse en una campaña de mordaces rumores. Pero lo que más desconcertaba a Mma Ramotswe era que ella pudiera sentir esa misma inquietud, pues así era. ¿Por qué tenía que sentirse incómoda en su presencia si no sabía prácticamente nada de aquel hombre? A vueltas con la intuición: tan útil en ocasiones como discutible en otras.

—Las personas son así —dijo—. Son cosas que ocurren cuando uno viene de otro país. No es fácil ser extranjero, ¿verdad?

Él la estaba mirando, y Mma Ramotswe tuvo la impresión de que se sorprendía de sus palabras, de su franqueza.

—Cierto —contestó el doctor, haciendo una pausa antes de continuar—: Y yo he sido un extranjero toda mi vida, ya desde el principio.

La camarera llegó con los platos. Había estofado y verdura para cada uno.

El doctor bajó la vista.

—No tengo de qué quejarme, en realidad. No debería hablar así. Éste es un buen sitio.

Mma Ramotswe levantó el tenedor pero volvió a dejarlo sobre la mesa, adelantando la mano y apoyándola en la muñeca del doctor. Éste miró la mano de Mma Ramotswe.

—No esté triste, Rra —dijo ella.

—Ojalá pudiera volver a casa. —El rostro del doctor se ensombreció—. Me gusta este país. Me encanta. Pero no me siento cómodo.

—Bien, siempre puede volver a su país —dijo Mma Ramotswe, y señaló con la cabeza en la dirección de la frontera, que quedaba más allá de las colinas, a unos cuantos kilómetros de la maleza—. Podría volver ahora mismo si usted quisiera, ¿no? Nada se lo impide.

—Mi país ya no es mi casa —dijo él—. Me marché de allí hace tanto tiempo que ya no me siento a gusto cuando voy.

—¿Y aquí, en Botsuana?

—Aquí es donde vivo, pero nunca será mi tierra. Yo nunca seré un batswana. Nunca seré uno más, como la gente que ha nacido aquí; no importa el tiempo que pase en este país. Siempre seré un intruso.

Mma Ramotswe se hacía cargo. Para ella era muy fácil, pensó; sabía exactamente de dónde venía y cuál era su sitio, pero muchas personas no tenían esa suerte, habían sido arrancadas de su país ya fuera por necesidad o por discriminación, por una jugarreta del destino. Sí, en África había muchas personas en esta situación, y la fruta que comían era muy amarga; los oriundos consideraban que esa gente estaba de más, que sobraba, como los hijos no deseados.

Quería decirle algo al solitario doctor, pero comprendía que el consuelo que podía darle era escaso. Aun así, lo intentó.

—No crea —dijo— que no se valora el trabajo que hace usted en el hospital. Sí, es probable que nadie le haya dado las gracias, pero lo hago yo ahora, Rra: gracias por lo que hace.

El doctor, que había bajado la vista, alzó ahora los ojos, aquellos imperturbables ojos verdes.

—Se lo agradezco mucho —dijo, y acto seguido empuñó sus cubiertos y se puso a comer.

Mma Ramotswe le miró discretamente mientras ella comía también, observó los movimientos del cuchillo, delicados y precisos.

Aquella tarde el señor J.L.B. Matekoni habló con Charlie.

—Puedes dejar de trabajar hoy, Charlie —le dijo—. Ya te tengo preparado el finiquito.

Charlie se limpió las manos en un trozo de toalla de papel.

—Esta cosa no es tan buena como los trapos, jefe —dijo—. Los trapos quitan la grasa mucho mejor.

—Pero la toalla de papel es lo moderno —replicó el señor J.L.B. Matekoni—. Como el limpiador en polvo. Eso sí que es muy bueno para la grasa.

—Como yo ya no lo necesitaré... —dijo Charlie—. Sólo cuando le haga la revisión al taxi.

—Sí, no olvides hacerlo —le advirtió el señor J.L.B. Matekoni—. Es un coche viejo, y a los coches viejos hay que cambiarles el aceite con regularidad. Tú procura cambiarlo cada dos meses, y verás como no te arrepientes.

Charlie se puso muy contento:

—Descuide, jefe.

El señor J.L.B. Matekoni lo miró con disimulada desconfianza. Dudaba de que su ex aprendiz fuera a cuidar bien el Mercedes, pero ya había tomado la decisión de permitir que Charlie se saliera con la suya. Y había llegado el momento de decir adiós y entregarle el coche. Quedaba por firmar el contrato, puesto que Charlie, claro está, no tenía el dinero para pagar el vehículo y habría que establecer cuotas mensuales a lo largo de casi tres años.

Aun así, no confiaba en llegar a ver nunca el dinero —o la cantidad entera—, pues de los dos aprendices Charlie había sido siempre el más irresponsable a la hora de gastarse la paga, y a final de mes siempre tenía que pedir prestado.

Charlie echó un vistazo al documento que el señor J.L.B. Matekoni había redactado y que Mma Makutsi se había encargado de pasar a máquina a primera hora de la tarde. Tendría que pagar seiscientas pulas al mes hasta cubrir el coste del vehículo; se comprometía a tenerlo asegurado; si no podía pagar las letras, devolvería el coche al señor J.L.B. Matekoni y éste le reembolsaría el dinero. Eso era todo.

—Procura leerlo atentamente —le aconsejó el señor J.L.B. Matekoni—. Esto es un documento legal.

Pero Charlie se limitó a alcanzar un bolígrafo del bolsillo superior de su jefe, dejando al hacerlo una manchita de grasa en el borde de la tela.

—A mí me parece bien, jefe —dijo Charlie—. Sé que usted nunca intentaría estafarme. Le considero mi padre.

El señor J.L.B. Matekoni vio cómo Charlie estampaba su rúbrica. Cuando el aprendiz le devolvió el papel, éste venía adornado con sus huellas dactilares grasientas. Y el señor J.L.B. Matekoni se dijo a sí mismo: «Que conste que he intentado enseñarles. He hecho lo que he podido...».

Fueron hasta donde estaba aparcado el viejo Mercedes-Benz. Después de entregarle las llaves a Charlie, el señor J.L.B. Matekoni le informó de que su póliza de seguro cubría las dos primeras semanas.

—A partir de ahí, es cosa tuya —dijo.

Charlie miró las llaves, encandilado.

—Casi no me lo creo, jefe. Casi no me lo creo.

El señor J.L.B. Matekoni se mordió el labio. Había velado por este muchacho durante años, día tras día.

—Sé que lo harás lo mejor posible, Charlie —dijo en voz queda—. Estoy seguro.

Mma Makutsi salió del otro edificio y Charlie se guardó las llaves en el bolsillo, mirando nervioso al señor J.L.B. Matekoni.

—Venía a decir adiós y a desearte buena suerte con el taxi —dijo—. Espero que todo te vaya bien.

Charlie, que estaba mirando al suelo, levantó la vista y sonrió.

—Gracias, Mma. Lo intentaré.

—Sí, estoy segura de eso —dijo Mma Makutsi—. Ah, y otra cosa. Siento mucho si alguna vez he sido descortés o antipática contigo. De veras lo siento.

Se hizo el silencio. Al señor J.L.B. Matekoni no se le ocurrió otra cosa que ponerse a doblar cuidadosamente el documento firmado por Charlie y metérselo en el bolsillo, tarea en la que invirtió una eternidad y que hubo de repetir, no se sabe por qué. En la carretera que pasaba por detrás del taller, un motor aceleró, carraspeó y finalmente se extinguió en el silencio.

—Vaya, ese coche debería pasar por el taller —dijo Charlie, riendo nervioso. Luego miró a Mma Makutsi y sonrió de nuevo—. Si alguna vez precisa mi taxi, Mma —dijo—, será un placer llevarla.

—Y para mí un placer que me lleve, señor taxista —contestó ella—. Muchas gracias.

Poca cosa más quedó por decir. Los grandes conflictos requieren a veces muy pocas palabras para ser solventados. Es posible apaciguar disputas entre naciones, entre pueblos, por un simple acto de contrición y el perdón correspondiente, pues en muchas ocasiones dichas disputas nacen poco más que de una cuestión de orgullo o un malentendido; de olvidar que el otro también es humano; y, por descontado, de cuestiones de territorio.

12

Un regalo del señor Phuti Radiphuti

Una vez que Charlie hubo partido, cosa que sucedió poco después de las cuatro, el señor J.L.B. Matekoni tuvo dificultades para volver al trabajo. Charlie se había marchado con aires de triunfo al volante del Mercedes-Benz que el señor J.L.B. Matekoni había puesto a punto para él. Fue una despedida muy emotiva, y aunque el propietario del taller Speedy Motors no era persona propensa a mostrar sus sentimientos —no es propio de un mecánico—, la situación le había abrumado. Al principio, cuando tomó a su cargo a los dos aprendices, se había permitido imaginar que tal vez uno de los dos acabaría siendo su mano derecha y algún día se haría cargo del taller. La opción lógica habría sido Charlie, por ser el mayor de los dos chicos, pero al poco tiempo el señor J.L.B. Matekoni comprendió que aquellas fantasías no eran más que eso: fantasías. Con todo, pese a los defectos de Charlie —su falta de destreza, su impetuosidad, sus interminables intentos de impresionar a las chicas—, el señor J.L.B. Matekoni había concebido cierto afecto hacia él, del mismo modo que se puede llegar a querer a alguien por sus flaquezas. Ahora, con Charlie ausente y el aprendiz más joven totalmente desorientado y afligido, el señor J.L.B. Matekoni sentía una especie de curioso vacío. Y no era que no tuviese cosas que hacer: la ranchera de un piloto de Air Botswana, un coche muy querido para el señor J.L.B. Matekoni por haberlo atendido en sus diversas dolencias mecánicas, esperaba para cambiarle parte del sistema eléctrico. Los cables, ya viejos y ahora enmarañados como una manojo de nervios, sobresalían de sus escondites; a su lado, en los asientos, estaban los fusibles. Pero el señor J.L.B. Matekoni no tenía ánimos para ponerse a ello, de modo que decidió dejarlo para el día siguiente.

Volvería a su otro cometido, la investigación sobre el señor Botumile. Lo último que había observado de él era que se rodeaba de muy malas compañías. Pero eso poco tenía que ver con el adulterio, y era por un supuesto *affair* que Mma Botumile había acudido a la Primera Agencia de Mujeres Detectives. Quería conocer la identidad de la mujer con quien supuestamente se veía su esposo —cosa que al señor J.L.B. Matekoni le parecía perfectamente razonable—, y eso era lo que él debía averiguar. Lo que ocurriera después no le incumbía. Mma Botumile era una mujer de mucho carácter y el señor J.L.B. Matekoni no quería ni pensar en lo que podía sucederle a la amante si alguna vez llegaban a encontrarse. Pero él en eso no entraba. Suponía que, como mucho, Mma Botumile quizá les pediría a él o a Mma Ramotswe que aconsejaran a la amante quitarse de en medio, cosa que podía hacerse con tacto. Solamente sería necesario, pensaba él, decirle que Mma Botumile estaba al corriente y que ésta no era la clase de mujer que toleraba que su esposo tuviese una aventura. Si la amante en cuestión era un poco sensata, comprendería que debía tomar una decisión. Podía pelear por el señor Botumile e intentar apartarlo de su esposa, o bien buscarse otro hombre. Lo que no podía hacer era seguir rivalizando con Mma Botumile mientras ésta y su marido continuaran juntos.

Llevado por un impulso, el señor J.L.B. Matekoni entró en la oficina para preguntar si podía usar la cámara fotográfica de la agencia. Era un instrumento comprado en la fase inicial de la Primera Agencia de Mujeres Detectives, cuando se creyó que sería necesario para la obtención de pruebas. Así lo aconsejaba Clovis Andersen en su libro, al decir: «Si bien no es posible afirmar que la cámara nunca miente, las pruebas fotográficas son casi irrefutables. En numerosas ocasiones yo personalmente he encarado al malhechor con una foto de él en flagrante delito y he dicho: "Entonces, ¿ése quién es?, ¿mi primo?"». Había sido Mma Makutsi quien, impresionada tras leer este párrafo, había sugerido comprar una cámara fotográfica. Después no la había usado casi nunca, pero la cámara, a punto y con un carrete dentro, descansaba sobre un estante junto a la mesa de Mma Ramotswe, esperando su oportunidad.

El señor J.L.B. Matekoni, armado con la cámara, había dado instrucciones al aprendiz más joven de que cerrara el taller y se había trasladado en la camioneta hasta el mismo punto de observación frente al bloque de oficinas desde donde había aguardado la salida del señor Botumile. Llevaba allí unos diez minutos cuando la puerta principal se abrió y un hombre enfiló hacia uno de los dos coches rojos aparcados junto al edificio. Aunque era el primero en salir después de dar las cinco, no se trataba del señor Botumile sino del otro, y el señor

J.L.B. Matekoni no hizo nada mientras el hombre montaba en el coche y se alejaba de allí. Unos cinco minutos más tarde, salió el señor Botumile y subió al otro coche rojo.

El señor J.L.B. Matekoni lo siguió en su camioneta. El tráfico, por alguna razón, era fluido y le fue fácil mantener una distancia prudencial sin perderlo de vista. Esta vez la presa tomó otra ruta, en dirección a Tlokweng. Ya en la carretera principal, con el tráfico más denso, no fue tan fácil seguir al coche rojo, pero el señor J.L.B. Matekoni consiguió no alejarse demasiado, gracias a lo cual pudo ver cómo torcía bruscamente a la derecha una vez pasado el centro comercial. La pista de tierra que el coche rojo había tomado era bastante familiar para el señor J.L.B. Matekoni. No quedaba lejos del taller, y de vez en cuando venía aquí a probar un coche, sobre todo si le había cambiado la suspensión. Era una zona básicamente residencial, no muy poblada, aunque hacia el final había un par de comercios. Recordó que era también una ruta para cabras, pues un poco más adelante había una parcela destinada a estos destructivos animales; había sido desbrozada casi por completo y sólo quedaban unos cuantos espinos que habían soportado incluso las perversas habilidades cabrunas. Ahora, mientras perseguía la nube de polvo que levantaban las ruedas del coche del señor Botumile, vio a unas cabras al borde de la pista, mordisqueando un pedazo de saco que el viento había colgado de una cerca. Era una parte extraña de la ciudad; sin ser todavía la maleza, que estaba más allá de los cercados, las incursiones de animales eran frecuentes.

De pronto las luces de freno del coche de delante brillaron entre el polvo y el señor Botumile giró por un camino particular. Reaccionando rápidamente, el señor J.L.B. Matekoni aminoró la marcha y se detuvo pegado a la cuneta, con la idea de esperar un minuto o dos y después pasar de largo. En ese rato el señor Botumile podría apearse del coche —caso de que pensara hacerlo— o recoger a su amiguita, si era eso lo que tenía en mente.

Cuando pasó frente a la casa, Botumile estaba fuera del coche. El señor J.L.B. Matekoni lo vio ir hacia la puerta por un corto sendero. Vio abrirse la puerta de la casa, y a una mujer esperando en el umbral. Fue apenas un instante, pero la secuencia quedó grabada a fuego en su cerebro: el hombre, su amante, la mustia y polvorienta vegetación en el patio, la cancela abierta (y colgando de un gozne), el grifo exterior en un costado de la casa. ¿Era ésta la imagen de un encuentro clandestino?

Siguió adelante hasta que encontró un sitio donde dar la vuelta sin que lo vieran y luego regresó despacio, esta vez con la cámara a punto sobre el regazo. Al llegar a la altura de la casa aminoró un poquito la marcha y, manipulando la cámara con una mano mientras la otra controlaba el volante, sacó una foto de la casa. Acto seguido, y con el corazón saliéndole por la boca de pura excitación, volvió a la carretera de Tlokweng pisando a fondo. Se sentía confuso. Por un lado había sido una experiencia emocionantísima y se había sentido compensado al ver lo que esperaba ver; pero el acto de tomar esa fotografía le parecía una intrusión de una índole muy distinta a seguir al señor Botumile. Miró la cámara que descansaba en el asiento del copiloto, y aquel objeto, con su objetivo fisgón, le hizo sentir sucio. Esto era muy diferente de ser mecánico; esto era como... sí, era como ser un espía, un informador, alguien que va en busca de los secretos más escabrosos de la gente.

Pensó que tendría que hablarlo con Mma Ramotswe. No podía imaginársela haciendo nada malo, ninguna mezquindad, y si ella decía que en este caso el fin justificaba los medios, él se daría por satisfecho. Pero luego pensó otra cosa: la gracia de toda la investigación estribaba en que la llevaba a cabo él solo; no podía acudir corriendo a Mma Ramotswe porque hubiera surgido una dificultad. No, llevaría el carrete a revelar y luego le enseñaría la foto a Mma Botumile. Pero antes averiguaría de quién era la casa y así podría dar a su cliente todos los detalles relativos a la infidelidad del esposo. Ya se las apañaría después el señor Botumile; no era cosa suya, del señor J.L.B. Matekoni, aventurar juicios sobre el matrimonio de un cliente, al margen de que hubiera llegado a la conclusión de que, si Mma Botumile fuera la única mujer en toda la extensión de Botsuana y él el último hombre, no se lo pensaría dos veces: seguiría soltero.

Mientras el señor J.L.B. Matekoni bregaba con su concienia, Mma Makuti estaba en su casa preparando comida para Phuti Radiphuti. El día anterior, a él le tocaba cenar en casa de su tía, lo cual significaba que estaría ansioso por ver qué le había cocinado Mma Makutsi. Ella siempre le preparaba lo que él quería, mientras que su tía sólo le hacía lo que ella pensaba que debía comer. Hoy Mma Makutsi había cocinado pollo frito con arroz, añadiéndole unas pasas sultanas. Había hecho también plátano frito, que era un buen acompañamiento para el pollo, y tenía salsa peri-peri mozambiqueña que le daba un toque explosivo a todo. Por lo visto, a Phuti Radiphuti le gustaba la comida fuerte, y Mma Makutsi estaba tratando de adaptarse a ello. Había hecho lentos progresos, eso sí, con la ayuda de frecuentes tragos de agua.

La conversación versó sobre lo ocurrido en los últimos días. Mma Makutsi se había debatido consigo misma sobre la conveniencia de dar a conocer su abortada renuncia, y finalmente había decidido hacerlo. No había salido muy bien parada de ese episodio, creía ella, pero nunca le había ocultado nada a Phuti Radiphuti y no quería empezar ahora.

—Ayer hice el ridículo —le dijo mientras removía el pollo en la sartén—. Se me ocurrió dejar la agencia y buscarme otro trabajo. —No dijo más. Había pensado contárselo todo, pero al final no se decidió. Pasó por alto su entrevista con Violet y la humillación subsiguiente; pasó por alto lo del zapato roto, así como el ignominioso trayecto a pie descalzo y el pincho que se le había clavado.

La contundente reacción de Phuti Radiphuti la cogió por sorpresa.

—¡Pero cómo se te ocurre! ¡Y Mma Ramotswe, qué! ¡No puedes abandonar a Mma Ramotswe!

Perpleja, Mma Makutsi hizo un intento de defenderse.

—Pero tengo que pensar en mi propia carrera —objetó—. ¿Y yo, qué?

Phuti no se dejó impresionar.

—¿Qué haría Mma Ramotswe sin ti? —dijo—. Tú eres la que sabe dónde está todo. Te has encargado de archivar las cosas, conoces a todos los clientes. No puedes abandonarla.

Mma Makutsi escuchó estas palabras con cierta aprensión. Era como si a él le importara menos ella que Mma Ramotswe. ¿No era lógico pensar que, puesto que ella, Mma Makutsi, era su prometida, él debería ponerse de su parte, velar por sus intereses y no los de Mma Ramotswe, por muy buena persona que ésta pudiera ser?

—Volví en seguida —dijo—. Sólo estuve fuera durante la mañana.

Phuti Radiphuti la miró con preocupación.

—Mma Ramotswe cuenta contigo —dijo—. ¿Es que no lo sabes?

Mma Makutsi respondió que sí. Pero ¿no le parecía a él que a veces uno tenía que dar un paso al frente y...?

No pudo terminar.

—Y entiendo muy bien por qué no puede pasarse sin ti —la interrumpió Phuti, continuando con su tesis—. Es el mismo motivo por el que yo no puedo pasarme sin ti.

Mma Makutsi guardó silencio.

Phuti alcanzó el frasco de peri-peri y jugueteó con el tapón mientras hablaba:

—Porque tú eres una excelente persona. Ésa es la razón.

Mma Makutsi removió por última vez el pollo y tomó asiento. Al parecer, lo que había comenzado como un reproche estaba derivando en cumplido. Y ella ya no recordaba la última vez que alguien le había hecho un cumplido; había olvidado el comentario elogioso de Mma Ramotswe acerca de su vestido rojo.

—Muchas gracias, Phuti —dijo.

Él dejó a un lado el frasco de la salsa y hurgó en un bolsillo.

—No se me dan bien los discursos —dijo.

—Pero estás mejorando mucho —objetó Mma Makutsi, y así lo creía; el odioso tartamudeo había casi desaparecido, si bien reaparecía de tarde en tarde cuando Phuti se sentía aturullado. Pero todo eso formaba parte del encanto de este hombre que ahora era su prometido y de quien ella iba a ser pronto la esposa.

—No se me dan bien los discursos —repitió Phuti—, pero te traigo una cosa que quiero regalarte. Es un anillo: un diamante. Lo he comprado para ti.

Deslizó una cajita por encima de la mesa. Mma Makutsi la cogió con manos temblorosas y la abrió. El diamante reflejó la luz.

—Es un diamante de los nuestros —dijo Phuti—. De Botsuana.

Mma Makutsi guardó silencio mientras sacaba la sortija del estuche y se la ponía en el dedo. Luego miró a Phuti y empezó a decir algo, pero no pudo seguir. Le costaba encontrar las palabras para expresarlo: que ella, a quien tan pocas cosas le habían regalado nunca, recibiera esto; que un regalo así, tan lejos de sus mayores sueños, viniera de él; ¿cómo manifestar lo que sentía ahora?

—¿Un diamante de los nuestros?

—Sí. Es de nuestro país.

Ella se presionó la mejilla con la piedra. Estaba fría; una piedra preciosa; tan pura...

Capítulo
13
De imprentas e impresiones

Todo el mundo, aparte del señor Polopetsi y, naturalmente, el aprendiz más joven, tenía algo que investigar. Y cada cual abordaba dicha tarea con diferentes grados de entusiasmo. El señor J.L.B. Matekoni, que consideraba casi concluida su investigación, se sentía optimista. Ahora tenía la prueba fotográfica —o al menos una foto del nido de amor del señor Botumile— y sólo le restaba averiguar el nombre de la persona que vivía en aquella casa. Eso no le iba a llevar mucho tiempo, y una vez obtuviera la respuesta podía ir a ver a Mma Botumile y proporcionarle la información que ella necesitaba. Su cliente se alegraría, sin duda, pero lo principal era la buena impresión que se llevaría Mma Ramotswe, por la rapidez con que él había conseguido poner un satisfactorio punto final a la pesquisa. Había dejado el carrete en la farmacia para que lo revelaran y estaría listo a mediodía; no había motivo, pues, para no citarse con Mma Botumile el día siguiente. A tal fin la llamó por teléfono, preguntándole si tendría inconveniente en pasar por la oficina a cualquier hora que le fuese bien. El señor J.L.B. Matekoni podía haberse esperado una respuesta cortante a tan simple invitación, y eso fue lo que obtuvo: ella le dijo que ninguna hora le iba bien. «Soy una mujer tremendamente ocupada —le espetó—. Pero puede venir usted: igual estoy, o igual no».

Al colgar, el señor J.L.B. Matekoni lanzó un suspiro. Estaba visto que había personas incapaces de ser agradables en ninguna situación; ocurría tanto en lo tocante al cuidado de sus coches, como en cualquier otra cosa. Oh, ahora que lo pensaba, los coches de dichas personas solían ser también morrocotudos: de tal coche, tal conductor. Bastaba con ver el estado de un cambio de marchas para saberlo todo de la persona que conducía el vehículo, opinaba el señor J.L.B. Matekoni.

Se puso a pensar si el señor Botumile ya habría conocido el carácter irascible de su esposa antes de pedirle que se casaran. Bueno, si es que se lo pidió él; podría haber pasado al revés. Hay hombres que no se acuerdan de cómo fue que propusieron matrimonio a sus esposas, por la sencilla razón de que no hubo tal propuesta. Estos hombres son los que caen en la trampa, pensaba el señor J.L.B. Matekoni, que son arrastrados al matrimonio, que son víctimas de los ardides femeninos y de un día para otro descubren que hay fecha para la boda. Él, por el contrario, recordaba muy bien las circunstancias en las que había pedido la mano de Mma Ramotswe, pero el recuerdo de cómo fue que eligieron un día concreto lo tenía mucho más borroso. Estaba en el orfelinato, si la memoria no le fallaba, y Mma Potokwani había dicho algo sobre la importancia que tenía para una mujer conocer cuándo sería su boda (algo así), y sin comerlo ni beberlo allí estaba él bajo el árbol grande y Trevor Mwamba oficiando la ceremonia nupcial.

Naturalmente, el señor J.L.B. Matekoni estaba muy contento de ser el marido de Mma Ramotswe, nunca se le pasaría por la cabeza la posibilidad de ser infeliz con ella. Ah, pero qué diferente debía de ser —y qué pesadilla— descubrir que la persona con quien estás casado es alguien que en el fondo no te gusta. Había quien lo descubría tan pronto como diez o quince días después de la boda, y el impacto tenía que ser muy fuerte. Él sabía que esto del matrimonio requería un cierto esfuerzo, que como mínimo tenías que intentar llevarte bien con el cónyuge, pero ¿y si resultaba que ella era una especie de Mma Botumile? Se estremeció sólo de pensarlo. Pobre señor Botumile: tener que aguantar aquella voz de pito siempre quejándose de algo, metiéndose con él, criticando todo cuanto hacía o decía, convirtiendo su matrimonio en un perpetuo concierto de desaires y menosprecio. ¡No quiero ni imaginármelo!, pensó. Este compadecerse del señor Botumile fue el único inconveniente en su análisis de la investigación. Con todo, y pese a comprender la situación en que aquél se encontraba, el señor J.L.B. Matekoni se sentía orgulloso por haber sido capaz de actuar de manera tan profesional de principio a fin. El haber experimentado cierta simpatía por el marido no le había hecho perder de vista que su cliente era la esposa.

En el caso de Mma Makutsi, la investigación sobre el problema de Teenie con su empleado deshonesto no estaba tan clara. Sí, podía ser que uno de los empleados de la imprenta tuviera un aspecto sospechoso, pero eso no era óbice para pensar que se tratara de un ladrón. Podía serlo, desde luego, y ella debía procurar no cerrar ninguna puerta, pero no debía permitir que su investigación se basara en una presunción de culpabilidad. Al menos, eso fue lo que se dijo a sí misma mientras pagaba el taxi que había tomado para ir de la oficina a los locales de la imprenta de Teenie. ¡Treinta pulas! Se guardó el recibo en un bolsillo del cárdigan; en minibús le habría costado, como mucho, dos pulas, pero la tarifa exorbitante del taxi se la podía endosar al cliente; por otro lado, pensó, habría sido impropio llegar a la imprenta en un vehículo destartalado y rebosante de seres humanos, con manos y pies asomando por las ventanillas. La gente se fijaba en cómo viajaba uno, y si ella tenía que hacerse pasar por un posible cliente de la imprenta, debía presentarse en consonancia con su nivel. Probablemente Clovis Andersen decía algo al respecto en *Principios básicos para detectives privados,* pero incluso si no, era de sentdo común.

La imprenta La Buena Impresión ocupaba la mitad de un edificio alargado en el solar industrial que había al otro lado del edificio donde clasificaban diamantes. Era una construcción insulsa, vista desde fuera, de ésas que parecen almacenes baratos y que tienen pocas ventanas. Sobre la puerta había un rótulo con esta leyenda: «Palabras significa negocio. Negocio significa dinero. ¡Imprenta La Buena Impresión le garantiza causar una buena impresión!». Debajo había una foto de un folleto satinado que escupía billetes de banco cual cuerno de la abundancia. A Mma Makutsi le pareció un mensaje muy contundente, y le hizo pensar en proponerle a Mma Ramotswe cambiar el rótulo de la agencia. Quizá no estaría mal que hubiera algún tipo de ilustración para que el cartel fuese más vistoso, pero ¿qué? Lo primero que le vino a la cabeza fue una tetera, pero, claro, no podía ser: la gente no asociaría el té con el oficio de detective privado, por más que la ceremonia del té fuese ya un hito en la jornada laboral de la Primera Agencia de Mujeres Detectives. Mma Ramotswe tomaba seis tazas diarias —eso en la oficina; a saber cuánto rooibos consumía en su casa— y ella, Mma Makutsi, tomaba cuatro (o quizá cinco, contando la posible repetición en una misma taza). Pero no era momento de pensar en estas cosas; esta investigación era delicada —además de encubierta— y lo mejor sería ponerse en situación de representar su papel, el de cliente en visita de inspección al taller de un posible proveedor.

Nada más entrar en el edificio había una zona de recepción; no era una estancia grande y el escritorio dominaba el espacio disponible, con apenas un rincón donde se apretujaban unas pocas sillas. Al lado de éstas había una mesita baja donde se amontonaban muestras de papel y revistas del ramo.

Se notaba un curioso olor en el aire, un olor casi acre que Mma Makutsi tardó un poco en identificar: era tinta. Eso la devolvió a Bobonong, al colegio, donde tenían una sala con una multicopista y sus bidones de tinta. Era una máquina antigua, de las que ya nadie utilizaba, pero el colegio la mantenía en buen estado de funcionamiento. Los niños colaboraban en la tarea, y Mma Makutsi había contemplado muchas veces, extasiada, cómo iban apareciendo por debajo del tambor circulante las páginas impresas. Ahora, tan lejos de aquel lugar y de aquellos tiempos, recordó el olor de la tinta fresca.

Después de dar su nombre a la recepcionista y que ésta avisara por teléfono a Teenie Magama, fue a sentarse a una silla del rincón.

Mientras esperaba, se dedicó a observar a la recepcionista, una mujer de mediana edad vestida con una especie de bata de andar por casa, pero que debía de ser un vestido holgado. Era cualquier cosa menos elegante, y Mma Makutsi pensó: «No es ella. A esta mujer no le sobra el dinero. Si fuera la ladrona, cabría esperar que...». ¿O no? ¿Acaso no robaba la gente llevada por la desesperación?

Se decidió por una pregunta ambigua. Cuando no se te ocurría qué decirle a alguien, siempre podías preguntar cuánto tiempo hacía que se dedicaba a lo que fuera que se dedicara. Era algo que la gente siempre parecía dispuesta a responder.

—¿Lleva mucho tiempo en esta empresa, Mma? —preguntó.

La recepcionista, que estaba tecleando, levantó la vista y dijo:

—No soy de la empresa. He venido porque mi hija está enferma. La recepcionsta es ella. Yo sólo la sustituyo. —Hizo una pausa—. Y la verdad es que no sé qué hago, Mma. Estoy aquí sentada, pero no sé qué hago.

Mma Makutsi se echó a reír, pero la mujer sacudió la cabeza.

—Lo digo en serio, Mma. Realmente no sé qué es lo que estoy haciendo. Intento contestar el teléfono, pero al final acabo cortando la comunicación. Y no conozco el nombre de ninguna de las personas que trabajan aquí, excepto el de Mma Magama, la bajita.

—Hay muchas personas que no saben lo que están haciendo —dijo Mma Makutsi—. Es bastante normal. Yo incluso diría que la mayoría de la gente no sabe lo que hace. Fingen saberlo, pero en realidad no lo saben.

—Bueno, al menos no soy la única —dijo la recepcionista con una sonrisa.

Mma Makutsi cambió de tema.

—¿Su hija está contenta aquí?

La mujer respondió al punto:

—Mucho. Muy contenta, Mma. Siempre va diciendo por ahí que tiene una jefa estupenda. No es algo que pueda decir todo el mundo.

Mma Makutsi iba a contestar que ella sí podía, pero se contuvo a tiempo. No podía mencionar a Mma Ramotswe porque de ese modo se delataría, y ella había venido como cliente en potencia, no como detective privado. Así pues, no dijo nada y acabaron las dos calladas.

Pocos minutos más tarde, apareció Teenie por una puerta que había detrás de la recepción. Iba vestida de manera más sencilla que en su visita a la agencia, y por momentos Mma Makutsi no la reconoció.

—Sí, ya sé —dijo Teenie—. No voy muy elegante. Ésta es mi ropa de trabajo. Y mire, mire cómo tengo las manos. ¡Sucias de tinta!

Mma Makutsi se levantó para examinar las manos que Teenie le tendía.

—Si yo fuera detective —dijo, al ver las grandes manchas de tinta, como continentes, en sus palmas vueltas hacia arriba—, diría que tiene usted una imprenta. —Rápidamente, mirando a la recepcionista al hablar, añadió—: ¡Pero no soy detective, claro!

—Oh, por supuesto que no, Mma —dijo Teenie.

La recepcionista, que había estado escuchando todo el rato, levantó bruscamente la vista.

—¿Es policía, Mma?

Mma Makutsi notó la expresión preocupada en su rostro y se apresuró a decir:

—Qué va, no tengo nada que ver con la policía. Nada en absoluto. Soy una mujer de negocios.

La recepcionista se relajó visiblemente. Su reacción, pensó Mma Makutsi, era anormal. Estaba claro que tenía algo que ocultar, pero probablemente no estaba relacionado con su hija ni con el empleo de ésta. A no ser, por supuesto, que supiera que su hija había estado robando material del taller. Madres e hijas suelen estar unidas; se cuentan cosas, y si una supiera que su hija robaba se pondría muy nerviosa si se presentara la policía. Pero luego pensó que había mucha gente que le tenía miedo a la policía, por muy limpia que tuviera la conciencia. Eran personas que habían sido víctimas de acoso en su juventud, ya fuera por parte de maestros severos o de hijos más fuertes; las posibilidades eran muy variadas. La gente así podía sentir miedo de la policía como ante cualquier tipo de autoridad.

Mma Makutsi sonrió a la recepcionista y entró con Teenie en el taller. La propietaria era tan menuda que, aunque Mma Makutsi no pasaba de tener una estatura media, pudo verle la coronilla mientras caminaba detrás de ella, concretamente el pequeño pompón que coronaba un curioso gorro tejido al estilo de una cubretetera. Trató de fijarse mejor, preguntándose si había algún agujerito por el cual pudiera asomar el pitorro de una tetera; no vio ninguno, pero recordó que en la oficina tenían una cubretetera muy similar y pensó que un día de mucho frío ella o Mma Ramotswe podrían usarla como gorro. Se imaginó a su jefa con una cubretetera en la cabeza y decidió que le sentaría bastante bien; incluso, de una manera difícil de definir, añadiría un toque de autoridad a su persona.

Estaban en un pasillo corto. El olor que había captado al entrar en el edificio era más fuerte ahora, y se oía además el ruido obediente de una máquina realizando alguna tarea repetitiva. De fondo, en alguna parte, se oía una radio con música.

—La máquina nueva está en marcha —dijo Teenie con orgullo—. Es la que hace ese ruido. Escuche. Es la nueva máquina alemana, que está imprimiendo un folleto. Esos alemanes hacen muy buenas máquinas, sabe usted.

—Sí, es cierto —dijo Mma Makutsi—. Son muy ... —No supo muy bien cómo continuar. Había estado a punto de hacer otro comentario sobre los alemanes, pero comprendió que en realidad sabía muy poca cosa de ellos. Chinos sí se veían muchos, y parecían gente tranquila y laboriosa, pero alemanes se veían muy pocos. Bueno, en realidad, ella nunca había visto un alemán.

Teenie se dio la vuelta y la miró: allí estaba de nuevo la mirada suplicante, como si Mma Makutsi tuviera algo importante que decir sobre los alemanes y Teenie necesitara oírlo desesperadamente.

—Me gustaría visitar Alemania —dijo Mma Makutsi sin convicción.

—Sí, a mí también me gustaría ir a otros países. Algún día me gustaría ir a Londres. Pero no creo que llegue a salir nunca de Botsuana. Este negocio me tiene atada de pies y manos; a veces es como si llevara cadenas en los tobillos. Y no se puede ir a ninguna parte con los tobillos encadenados.

—No, claro —dijo Mma Makutsi, alzando la voz para vencer el sonido de la máquina alemana.

Miró a su alrededor. Si tenía que representar el papel del cliente, no le iba a ser nada difícil; todo aquello le interesaba mucho. Se encontraban en un espacio grande y de techo alto, sin ventanas pero con un puerta abierta al fondo. El sol entraba a raudales por la puerta, pero la principal iluminación provenía de unos tubos fluorescentes colgados del techo. El centro de la sala lo ocupaba la máquina alemana, pero repartidas por el espacio había otras cuatro o cinco máquinas de apariencia muy complicada. Mma Makutsi vio que había una guillotina eléctrica, con virutas de papel debajo, y unos estantes repletos de botellas de lo que debía de haber sido tinta. Había también varios armarios para suministros, grandes como vestidores, y material amontonado en mesas y carritos. Un buen sitio para un ladrón, pensó Mma Makutsi: estaba lleno de cosas.

A continuación se fijó en la gente. Había dos jóvenes junto a la impresora alemana: uno parecía estar haciendo algún tipo de ajuste, mientras el otro contemplaba una pila de folletos impresos que crecía a ojos vistas. Dos mujeres cargaban papel en un carrito, al fondo de la sala, mientras una tercera persona, un hombre, estaba haciendo algo en una máquina que parecía una impresora más pequeña. Contiguos a la zona principal había dos cubículos de vidrio, pequeñas oficinas. Uno estaba vacío pero iluminado; en el otro había un hombre y una mujer, y ésta le enseñaba a él un papel. Mientras Mma Makutsi estaba mirando en aquella dirección, la mujer le dio un codazo al hombre y señaló. El hombre volvió la cabeza hacia donde estaba Mma Makutsi.

—Podría presentarme al personal —sugirió Mma Makutsi—. ¿Y si empezamos por esos dos? —Señaló a los jóvenes que atendían la máquina grande.

—Son muy jovencitos —explicó Teenie—, pero tienen lo que llamamos «ojo de impresor».

¿Sabe qué es eso, Mma? Quiere decir que son capaces de ver cómo va a quedar una cosa antes de poner en marcha la máquina.

Mma Makutsi no pudo evitar acordarse de los aprendices del taller. Si existía un «ojo de mecánico», ellos difícilmente lo tenían.

—Antes, la gente que trabajaba en imprentas podía leer al revés —dijo Teenie mientras caminaban hacia los dos jóvenes—. Hablo de cuando los tipos eran de metal. Colocaban las letras del revés.

—Oh, pues debían de tener un espejo dentro de la cabeza —dijo Mma Makutsi.

—No. Nada de espejos —dijo Teenie.

Los dos jóvenes dejaron lo que estaban haciendo al aproximarse ellas. Uno accionó un interruptor y la máquina se detuvo. Sin el ruido previo, ahora el taller quedó sumido en una calma artificial; sólo se oía de fondo el ritmo machacón de una canción rock, esa música que según Mma Ramotswe sonaba a estómago inflamado.

Los dos jóvenes vestían mono de faena, y uno de ellos se sacó un paño del bolsillo y procedió a limpiarse las manos. El otro, que tenía una boca grande y no parecía cerrarla nunca, fue a hurgarse la nariz con un dedo, pero se lo pensó mejor y bajó la mano.

—Esta señora es una posible cliente —dijo Teenie—. Le interesa mucho todo el proceso de impresión. Podríais explicarle un poco el funcionamiento de la máquina. Se llama Mma Makutsi.

Mientras sonreía alentadoramente a los dos jóvenes, Mma Makutsi tuvo que hacer grandes esfuerzos para apartar la vista del joven de la boca abierta; era como un volcán, como la entrada a una cueva, algo que permitía ver hasta lo más profundo de su cabeza. Pese a la inquietud que generaba, era un espectáculo curioso y fascinante.

El chico que se había limpiado las manos en el trapo se inclinó para estrechar la mano de Mma Makutsi. La saludó educadamente y le dijo su nombre. A todo esto, el otro no dejaba de mirarla, y Mma Makutsi lo miró a su vez, pero no vio más que la boca abierta. Sintió el absurdo pero tentador deseo de meter algo dentro: papeles, gomas de borrar, algo que pudiera quitarla de su vista; era ridículo.

Y entonces el joven habló:

—Usted es la señora de la agencia de detectives. Esa que hay en Tlokweng Road. —El sonido de su voz tal vez salió de aquella boca, pero a Mma Makutsi le pareció que provenía de más abajo: del pecho o del estómago.

Teenie miró a Mma Makutsi exagerando la cara de sorpresa, y ésta dijo, o más bien tartamudeó:

—Sí, soy esa señora que dice.

Se produjo un silencio extraño; Mma Makutsi no supo qué añadir. Estaba profundamente enojada por haber sido descubierta tan deprisa, más aún tratándose del joven de la desconcertante bocaza. Pero luego empezó a preguntarse cómo lo sabía él. Era halagador ser una persona conocida, casi una figura pública, aunque eso significara no poder realizar pesquisas con la discreción deseada. Desde luego, esta investigación no podía continuar, pues en cuestión de minutos todo el taller sabría que ella era una detective.

—Sí, yo soy esa señora —le espetó, superada la sorpresa, al aguafiestas—, pero eso no significa nada. Nada en absoluto.

—Nunca había conocido a un detective —dijo el del paño—. ¿Es un oficio interesante, Mma? ¿Va usted a sitios como éste para investigar...?

—Robos —terminó el bocazas.

Teenie dio un respingo. Había estado observando a los dos jóvenes y ahora giró rápidamente la cabeza hacia Mma Makutsi. De nuevo la mirada suplicante, como si le rogara a Mma Makutsi que dijese que no era verdad, que ella no era detective, y que por supuesto no había venido para investigar ningún robo.

Mma Makutsi decidió que la mejor táctica sería fingir que todo aquello le parecía muy gracioso.

—No nos pasamos el día investigando —dijo, con una sonrisa arrogante—. Tenemos otras ocupaciones...

El joven de la boca grande ladeó la cabeza como si tratara de calibrar a Mma Makutsi desde otro ángulo. Ella le miró y, de nuevo, penetró hasta el laberinto, hasta la cueva, más allá de sus labios y dientes. Sabía que ciertas personas encontraban irresistibles las cuevas; era gente a la que le gustaba explorar. Se imaginó a personas chiquitinas equipadas con cuerdas y picos minúsculos avanzando penosamente hacia el interior de aquella boca, luchando contra el viento racheado que subía desde los pulmones.

Teenie tomó a Mma Makutsi del brazo y se la llevó a las oficinas.

—Ellos no están involucrados —dijo—. Jamás robarían nada.

Mma Makutsi no estaba tan segura.

—De esas cosas nunca se puede estar seguro —dijo—. A veces resulta que el culpable es quien menos te lo esperas. Hemos tenido muchos casos así, personas de las que nunca habrías sospechado. Clérigos, por ejemplo. Sí, Mma, aunque le cueste creerlo.

—No me imagino a un clérigo haciendo nada malo —dijo Teenie.

—Pues ya ve. Hay religiosos verdaderamente malos. Casi nunca los pillan, por supuesto, porque a nadie se le ocurre investigar en sus asuntos. ¿Sabe qué haría yo si quisiera cometer un crimen y salir impune? Primero me haría clérigo, y luego cometería el delito. Con la tranquilidad de que nadie iba a sospechar de mí.

—O detective —dijo Teenie.

—Sí, también... —La respuesta de Mma Makutsi fue automática, pero su orgullo profesional la hizo reaccionar—. No —dijo—. Me temo que no sería buena idea hacerse detective con vistas a cometer un delito. La gente con la que trabajara se daría cuenta, Mma. Lo notarían.

Teenie no replicó. Estaban fuera del cubículo y su mano se movió hacia el tirador de la puerta. El hombre y la mujer que estaban dentro las miraron.

—Es él —susurró Teenie—. Ése de ahí dentro.

Mma Makutsi atisbó a través del tabique de cristal. Sus ojos se encontraron con los del hombre. «¡Desde luego! —pensó—. Ahora lo entiendo».

Capítulo

14

Charlie consigue un cliente

La licencia de taxi que Charlie había solicitado
sería aprobada, según le habían dicho, pero
el documento en sí, aquel importante papel, tardaría aún un par de semanas. Para alguien de la edad,
y la actitud, de Charlie, eso era mucho tiempo; una
espera demasiado larga para una simple formalidad
burocrática. Así pues, había decidido iniciarse en
su nuevo oficio en vez de esperar a que los empleados del departamento de transporte público se
decidieran a coger los sellos de goma y validar su
licencia de taxista. «¡Esos gandules de funcionarios!
—pensó—. Hay demasiados en este país. Parece
que no producimos nada más: sólo funcionarios».
Sonrió. Él ahora era todo un empresario, podía
permitirse esos pensamientos.

El coche que le había comprado al señor J.L.B. Matekoni estaba limpio y reluciente. Charlie vivía de inquilino con un tío materno que tenía una casa de dos habitaciones en una calle de mucho trajín junto a la carretera de Francistown. El ahora rutilante Mercedes-Benz se veía fuera de lugar entre los coches destartalados de aquel barrio modesto, y a Charlie le preocupaba que pudieran robarlo. La primera noche que el Mercedes había pasado en su nuevo vecindario, Charlie ató un cordel al radiador del vehículo y pasó el otro extremo por la ventana de la habitación donde él dormía. Su intención era atarse ese extremo al dedo gordo del pie cuando fuera a acostarse.

—Si alguien roba el coche, seguro que te despiertas —le dijo su tío, que había estado observando la operación con cierta perplejidad.

—Claro, por eso lo hago, tío —había replicado Charlie—. Así, si me despierto cuando muevan el coche, podré levantarme corriendo y dar su merecido a los ladrones.

El tío había mirado al sobrino.

—Yo aquí veo dos problemas, dos —dijo—. Primero: ¿Y si el cordel no se rompe? Este cordel es nuevo, sabes, podría ser que aguantara el peso de un hombre. Eso quiere decir que tu dedo gordo saldría por la ventana... pero contigo detrás.

Charlie no dijo nada. Miró la madeja de cordel y vio que en la etiqueta decía: Extra Fuerte.

—Y el otro problema —continuó el tío— es que, aun suponiendo que el tirón te despierte y que el cordel se rompa antes de arrancarte el dedo, ¿qué pasará después? Dime tú cómo piensas dar su merecido a los ladrones. ¿Corriendo detrás del coche robado?

Charlie dejó la madeja encima de la mesa y respondió:

—Me parece que lo dejo.

—Sí. Tal vez sea lo mejor —dijo el tío.

Esa noche no robaron el coche. A la mañana siguiente, Charlie se incorporó de inmediato en su colchón puesto directamente sobre el suelo y retiró la fina cortina de algodón de la ventana. Vio que el coche estaba donde él lo había dejado la víspera y soltó un suspiro de alivio.

Había quedado aquella mañana con un rotulista para que le grabara el nombre de la empresa en la puerta del conductor. La operación duró apenas una hora, pero supuso casi la mitad de la última semanada que el señor J.L.B. Matekoni le había pagado días atrás. Al menos, de momento, no tendría que gastar en carburante, pues su ex jefe le había dado un bidón de gasolina lleno como regalo de despedida. De modo que lo tenía todo listo para trabajar... descontando la licencia.

Frente al taller de rótulos, Charlie admiró la recién pintada leyenda en el costado de su coche.

El rotulista, con un cigarrillo colgando de la comisura de los labios, hizo lo propio y preguntó:

—¿Por qué le ha puesto Primera Agencia de Taxis para Mujeres? ¿No piensa dejar subir a ningún hombre?

Charlie le explicó la idea y el otro reaccionó con un breve silencio.

—Hay ideas muy buenas para montar una empresa, Rra —dijo segundos después el rotulista—. En mi oficio veo arrancar muchos negocios, pero raramente me topo con una idea tan buena como ésta.

—¿Lo dice en serio? —preguntó Charlie.

—Pues claro. Esto va a ser un éxito, Rra, se lo digo yo. Un exitazo. Seguro que se hace rico. Es cuestión de uno o dos meses. Ya lo verá. Si me equivoco, vuelva y me lo dice.

Charlie se alejó en el coche con la predicción del rotulista resonando en sus oídos. La idea de ganar mucho dinero, por supuesto, le tentaba; aparte de la temporadita que había pasado bajo la tutela de aquella mujer mayor, rica y casada, no había conocido más que pobreza: un solitario par de zapatos y el cuello de las camisas vuelto para disimular su desgaste. Si tuviera dinero podría vestirse como él sabía que gustaba más a las chicas; bueno, no es que pensara que no era capaz de atraerlas por sí solo, pero así se fijarían en él las chicas muy sofisticadas. Que era lo que más le interesaba en la vida.

Había pensado ir directamente a casa a fin de ahorrar gasolina, pero entonces, al doblar una esquina, una mujer le hizo señas de que parara desde un camino particular. Al principio Charlie no entendió, pero en seguida cayó en la cuenta. ¡Ahora soy taxista! ¡Tengo un cliente!

Se arrimó al bordillo y detuvo el coche a la altura de la mujer. Ella caminó con elegancia hasta el coche, abrió la portezuela de atrás y montó. Charlie la miró por el retrovisor interior: parecía rica; iba bien vestida y llevaba un maletín de piel.

—¿Adónde? —preguntó. No había ensayado la frase, pero le sonó bien.

La mujer dijo que quería ir al banco que había en las galerías comerciales.

—Tengo una cita —explicó— y se me ha hecho un poco tarde. Lléveme allí lo más rápido que pueda, por favor.

Charlie puso la primera y enfiló la calle.

—Lo intentaremos, Mma —dijo, y por el retrovisor vio que la mujer se relajaba.

—Una amiga tenía que pasar a recogerme —dijo ella, mirando por la ventanilla—. Se le habrá olvidado. Menos mal que pasaba usted.

—Estamos aquí para ayudar, Mma.

La mujer pareció impresionada por estas palabras.

—Hay taxistas muy groseros —dijo—. Usted no es así. De lo cual me alegro.

Charlie volvió a mirarla por el retrovisor y sus ojos encontraron los de la pasajera. Era una mujer bastante guapa, pensó; un poco mayor para él, pero nunca se sabía. La última vez, con aquella mujer casada, lo había pasado muy bien hasta que el marido... Bueno, era imposible predecir cómo iban a terminar estas cosas. Miró de nuevo por el espejo y vio que la mujer lucía un collar de piedras verdes y unos pendientes grandes que se bamboleaban. A Charlie le gustaban los pendientes grandes; siempre había pensado que quien los llevaba era una mujer a la que le gustaba pasarlo bien. Quizá le preguntaría si podía ir a recogerla después, cuando ella hubiese terminado lo que tuviera que hacer. Y seguro que ella le diría que era una idea estupenda porque, a decir verdad, no tenía nada que hacer y tal vez podrían ir a un bar a tomar una cerveza; empezaba a hacer calor otra vez, ¿verdad? Sería una buena despedida para estas noches de invierno, cuando una necesitaba a alguien agradable y calentito en la cama para no pasar frío...

No vio el semáforo, que estaba en rojo; y tampoco el camión que se aproximaba y que no tuvo tiempo de pisar el freno. Charlie, despistado mirando por el retrovisor, no vio lo que tenía delante, no vio los frenéticos gestos del camionero al comprender que el choque era inevitable, no vio cómo se arrugaba el frontal del coche; ni vio estallar el parabrisas y convertirse en astillas, como diamantes o gotitas de agua al sol. Pero sí oyó gritar a la mujer que iba detrás y también un tic-tic procedente del motor del coche; oyó el portazo que dio el camionero al apearse, tembloroso, de la cabina de su vehículo, que no había sufrido excesivos daños. Oyó el gemido del metal cuando alguien abrió la portezuela del taxi.

Otro automovilista había presenciado el choque y había ido a auxiliar a la pasajera. Ésta estaba ahora de pie junto al taxi, llorando del susto. No se veía sangre.

—Todo el mundo está bien —dijo el automovilista—. He visto cómo pasaba. Lo he visto.

—Yo venía de ese lado —balbució el camionero—. El semáforo estaba en verde.

—Sí —dijo el otro—. Ya lo he visto. Estaba en verde.

Miraron a Charlie y le preguntaron si se encontraba bien, si se había hecho daño.

Charlie era incapaz de hablar. Contestó con la cabeza: a lo primero, sí; a lo segundo, no. Había salido ileso de la colisión gracias a la solidez de la carrocería alemana.

—Han tenido suerte —dijo un transeúnte que había visto salir a los tres accidentados por su propio pie—. ¡Pero miren ese coche! Qué pena. Pobre coche...

Charlie se había sentado en el suelo. También él temblaba. Estaba mirándose los zapatos, y al oír al hombre levantó la cabeza y vio el morro aplastado del Mercedes-Benz, manchado de verde por el líquido refrigerante que salía a borbotones del motor; el metal desprovisto de pintura allí donde la camioneta había embestido; la portezuela abollada con su flamante rótulo. El impacto se había comido una parte: ahora decía *Primera Agencia de Taxis para Mu.* El policía que llegó al poco rato se rascó la cabeza al leerlo: «¿Para Mu? Cada vez se ven cosas más raras», pensó.

Charlie no llegó a casa hasta cuatro horas más tarde. Su tía, que estaba allí, comprendió de inmediato que algo malo pasaba.

—He tenido un accidente —dijo él.

Su tía lanzó un alarido.

—¿Con tu precioso coche nuevo? —preguntó.

—Adiós coche —dijo Charlie—. Ya no se puede hacer nada.

La tía bajó la vista al suelo. «Claro —pensó—, esto se veía venir; tarde o temprano tenía que pasar». Charlie, silencioso tras haber pronunciado el responso por su coche, se sentó. «Tengo veinte años —pensó—. Veinte años y todo ha terminado para mí».

Capítulo
15

Mma Potokwani hablando
de la confianza, entre otras cosas

El día después del accidente de Charlie —un accidente del que nadie tenía aún noticia en el taller—, Mma Ramotswe decidió irse de picnic en vez de trabajar en la oficina. No fue una decisión tomada impulsivamente; hacía casi dos semanas Mma Potokwani la había invitado a ir, ella había dicho que sí, y se le había olvidado por completo hasta unas horas antes de la cita. De hecho, Mma Ramotswe hubiera preferido no acordarse de ello, ni antes ni después, pues así habría tenido la excusa perfecta —a posteriori, se entiende— para no asistir. Pero ya era demasiado tarde: Mma Potokwani, la temible supervisora del orfelinato, la estaría esperando y no podía faltar.

Mma Ramotswe y Mma Potokwani eran viejas amigas. Mma Makutsi, que había tenido sus diferencias con la supervisora —habían volado cuchillos en más de una ocasión—, había preguntado una vez a Mma Ramotswe cómo se habían conocido ellas dos. Su jefa no había podido darle una respuesta. Algunos amigos parecían haber estado siempre presentes en tu vida, le dijo. Por supuesto que hubo una primera vez, pero en el caso de las viejas amistades hacía tanto tiempo, y en una circunstancia probablemente tan trivial, que todo recuerdo de ello se había borrado. Los amigos de siempre eran como esos objetos tan preciados —un determinado libro, una determinada foto—, que simplemente estaban ahí, sin que uno pudiera recordar de dónde habían salido.

Esa amistad no siempre había sido fluida, y de hecho había ciertos aspectos del comportamiento de Mma Potokwani que Mma Ramotswe no podía por menos que desaprobar. Su autoritarismo, sin ir más lejos, sobre todo cuando la víctima era el señor J.L.B. Matekoni, que desde hacía tiempo era incapaz de decir «no» al llamado de Mma Potokwani para que le arreglara tal o cual anticuada máquina o aparato. Estaba muy bien que Mma Potokwani diera órdenes a los huérfanos —era lo que uno esperaba de la supervisora de un orfelinato, pues no había duda de que era bueno para los niños llevar una vida ordenada—, pero adoptar ese mismo talante con personas adultas ya era otro cantar.

—Lo siento por el marido de esa mujer —había comentado una vez Mma Makutsi, a raíz de una visita de Mma Potokwani a la agencia—. No me extraña que nunca diga nada. ¿Se ha fijado en él? Se queda ahí parado, como si le diera miedo abrir la boca.

Por pura lealtad hacia su amiga, Mma Ramotswe se contuvo de hacer comentarios al respecto, pero cuando después reflexionó sobre el poco benévolo comentario de su ayudante, hubo de reconocer que probablemente era verdad. El marido de Mma Potokwani era un hombre más bajo y menos corpulento que su esposa, y parecía ir dando bandazos —física y emocionalmente— en la estela que ella dejaba a su paso.

—No entiendo cómo se casaron —continuó Mma Makutsi—. ¿Cree usted que fue él quien se lo pidió, o tal vez fue Mma Potokwani? —Hizo una pausa, cavilando sobre las posibilidades—. Hasta podría ser que ella se lo ordenara. ¿Usted diría que fue así, Mma?

Mma Ramotswe apretó los labios. Era difícil no sonreír cuando Mma Makutsi estaba lanzada, pero sabía que su deber era aguantarse. No era asunto de la incumbencia de Mma Makutsi cómo se hubiera declarado Rra Potokwani a Mma Potokwani; estas cosas eran privadas y nadie tenía derecho a meter las narices. Ojo, eso no quería decir que Mma Makutsi anduviera equivocada; costaba poco imaginarse a la supervisora advirtiendo a su dócil y más bien tímido marido de que se casara con ella o corriera con las desagradables consecuencias.

—Me pregunto cómo será la cama —prosiguió Mma Makutsi—. Ya me imagino la alcoba, ¿usted no? Mma Potkwani ocupando la mayor parte del lecho y dejando sólo un cachito para él. A lo mejor el marido duerme en el suelo, y entonces ella se despierta y piensa: «¿Dónde demonios he puesto yo a mi marido?». ¿Le parece, Mma Ramotswe, que la cosa va por ahí?

Esto era pasarse de la raya. Mma Ramotswe nunca especulaba sobre lo que pudiera cocerse en las alcobas, o camas, ajenas. Eso era terreno íntimo.

—No debe usted hablar así —dijo—. No tiene gracia.

—Pero si está sonriendo, Mma —protestó Mma Makutsi—. Noto que procura no hacerlo, pero sonríe...

Llegado este punto, Mma Ramotswe había decidido cambiar de tema, pero por la noche le había resumido la conversación al señor J.L.B. Matekoni y éste se había echado a reír.

—Esas dos nunca se llevarían bien —dijo—. En el fondo son tal para cual. Dentro de diez años, Mma Makutsi será como la supervisora. Ya ha estado practicando dar órdenes con los aprendices. La siguiente víctima será el señor Phuti Radiphuti. En cuanto estén casados, ella sacará el látigo. —Miró a Mma Ramotswe—. No todos los hombres somos tontos, Mma. Sabemos qué planes nos tenéis reservados las mujeres.

Oh, pensó Mma Ramotswe, aunque no llegó a decir «oh». Si el señor J.L.B. Matekoni creía que ella tenía planes reservados para él, ¿cuáles eran, exactamente? Cierto, había mujeres que tenían planes para sus esposos; querían que progresaran mucho en sus puestos de trabajo, los incitaban a solicitar ascensos para que estuvieran por encima de los maridos de otras. Y luego estaban las mujeres a quienes les gustaba que sus maridos tuvieran coches caros, que fueran ricos, que vistieran de relumbrón. Pero ella no había previsto nada en ese sentido. No deseaba que Speedy Motors fuera más grande ni que tuviera más beneficios. Tampoco quería que el señor J.L.B. Matekoni cambiase en tal o cual aspecto; le gustaba exactamente como era, con sus viejos y manchados *veldschoen,* su mono de faena, su cara afable, sus modales suaves. No, si algún plan tenía para los dos era continuar viviendo juntos en la casa de Zebra Drive, envejecer haciéndose compañía el uno al otro, y quizá algún día volver a Mochudi para sentarse tranquilamente al sol y ver cómo la gente hacía cosas, pero sin hacer nada ellos dos. Si es que a eso se le podía llamar «plan», por supuesto, aunque estaba convencida de que el señor J.L.B. Matekoni los habría suscrito.

Mientras iba ahora en la mini furgoneta blanca por la carretera que llevaba a la presa de Gaborone, Mma Ramotswe dejó vagar sus pensamientos: Mma Potokwani, los hombres y su manera de ser, el gobierno, las lluvias del año próximo, los problemas de Motholeli con los deberes: muchos asuntos en los que pensar, incluso antes de revisar mentalmente cualquiera de sus casos. Y cuando se puso a ello, lo primero que le vino a la cabeza fue el hospital de Mochudi, sus frescos pasillos, la sala donde tres pacientes habían fallecido sucesivamente en la misma cama. Tres dedos levantados, uno detrás de otro, y bajados después. ¿Con cuántas personas había hablado ya? Con cuatro, sin contar a Tati Monyena, que era su cliente, aunque luego el hospital pagara la minuta. Esas cuatro personas —las tres enfermeras y el doctor Cronje— habían respaldado la opinión expresada por Tati Monyena ya desde el principio: que esas muertes no eran más que una extraordinaria coincidencia. Sin embargo, si todos creían eso, ¿por qué habían querido que interviniese ella? Tal vez se trataba de uno de esos casos en los que las dudas se resistían hasta que alguien de fuera, alguien independiente, acudía para tranquilizar las conciencias. Así pues, su labor aquí no era tanto la de detective como la de juez, un juez de quien se espera pronuncie un fallo, una sentencia, como hacen los magistrados cuando con unas pocas palabras cuidadosamente elegidas entierran un motivo de conflicto o de duda. Si era así, entonces poco podía hacer ella aparte de proclamar que había analizado la situación y no había encontrado nada sospechoso.

Con todo, no estaba segura de poder afirmar nada semejante. Era cierto que había estudiado la situación, y si bien no había sido capaz de encontrar un motivo para esas muertes en cadena, tampoco podía decir honestamente que no abrigara sospechas. De hecho, se había sentido más que intranquila tras entrevistarse con las enfermeras y con el doctor Cronje; había detectado en ellos un malestar, una infelicidad. Naturalmente, podía no tener ninguna relación con el caso que estaba investigando: el doctor Cronje era infeliz porque vivía en un exilio que él mismo se había impuesto; y en cuanto a las enfermeras, se adivinaba que podían tener motivos de resentimiento por algún asunto laboral, alguna humillación que las corroía por dentro; eran cosas habituales que podían consumirlo a uno de la mañana a la noche.

Llegó al lugar en donde la calzada, polvorienta y sin asfaltar —más parecida a una pista que a una carretera—, se adentraba en la zona de la presa, girando hacia el este y siguiendo el muro de la presa hasta torcer en la dirección del río Notwane, camino de Otse. Era una carretera abrupta con muchas roderas y baches, pese a que algunos trechos habían sido milagrosamente alisados por la niveladora del Departamento del Agua. Mma Ramotswe, que nunca forzaba la marcha cuando iba por carreteras como ésta, mantuvo una velocidad máxima de veinticinco kilómetros por hora a fin de tener tiempo suficiente para reaccionar si veía un hoyo demasiado hondo o un animal salvaje irrumpía en la pista. Porque aquí había muchos animales; al pie de una acacia divisó un kudu macho de gran tamaño, cuya retorcida cornamenta debía de medir un metro de largo. Vio también varios duiker, y una familia de jabalíes verrugosos escabulléndose hacia el dudoso refugio de unas zarzas. Había damanes de El Cabo, sorprendidos en campo abierto y corriendo alocadamente para ponerse a cubierto entre las rocas, donde más les gusta estar. De pequeña, ella había tenido un *kaross* hecho con pieles de estos pequeños animales cosidas entre sí; el pelaje era suave y sedoso, y cuando hacía frío por la noche solía acurrucarse bajo el *kaross* en su esterilla de dormir. Se preguntó adónde habría ido a parar; estaría ya muy gastado, o sobreviviendo como retales de algo, vestigios de una infancia que había quedado muy atrás.

Hacia la mitad de la presa, la carretera se abría a un claro grande donde alguien, años atrás, había tratado de montar un merendero. Allí estaban todavía algunos restos del intento: una pequeña estructura hecha de bloques de cemento con la palabra «señoras» pintada en un lado y «caballeros» en el otro, las letras apenas visibles; ahora, sin tejado y las paredes medio desmoronadas, los dos sexos compartían democráticamente las ruinas. Más allá, sobre un muro medio derribado y cuya altura máxima no superaba ahora los dos palmos, había un parque infantil. Las termitas se habían empleado a fondo con las estacas de madera de los columpios, y éstos habían caído al suelo; un trozo de metal plano, que podía haber sido parte de un tobogán, yacía herrumbroso entre la hierba; había también una antigua barbacoa —ahora poco más que un montón de ladrillos rotos—, desmantelada por carroñeros humanos en busca de material con el que construir una choza en alguna otra parte.

Mma Ramotswe llegó media hora pronto y, una vez hubo encontrado un sitio con sombra para la furgoneta, hizo a pie los cincuenta metros hasta el borde del agua. Había mucha paz. En lo alto, un cielo vacío pero dotado de espacio y luz infinitos; al otro extremo de la presa, y un poco apartado, estaba Kgale Hill, roca sobre roca. Se podía ver Gaborone al otro lado del muro, sabías que estaba allí, pero si girabas la cabeza en la otra dirección sólo estaba África, o esa parte del continente, sus acacias como pequeños paraguas, la hierba seca, la tierra pardorrojiza y los termiteros como torres de Babel en miniatura. Había senderos que se entrecruzaban sin un destino claro, caminos creados por el ir y venir de los animales al agua. Por uno de estos senderos llegó al borde de la presa: el agua era de un verde claro, lisa como un espejo, virando a azul en la parte más alejada. Vio carrizos a todo lo largo del borde, pero no crecían en grupos sino desmadejadamente, como agujas sueltas brotando en vertical de la superficie del agua.

Mma Ramotswe estaba alerta. En el Notwane había cocodrilos —eso lo sabía cualquiera—, y por tanto quizá los habría también aquí aunque algunos lo negaran. Pero era una clara posibilidad: los cocodrilos podían recorrer grandes distancias por tierra —sí, con esos patosos andares— en busca de nuevos cauces de agua. Si estaban en el Notwane, también estarían aquí en la presa, aguardando bajo el agua a que un jabalí o un duiker incauto se acercara a beber. Entonces el cocodrilo se lanzaría sobre su presa y la arrastraría hasta el fondo. Y luego vendrían los revolcones bajo el agua, los tirones que daba el cocodrilo con la presa entre sus temibles dientes. Ése era el final para el que tuviera la mala fortuna de ser atrapado por un cocodrilo.

En la pasada estación de las lluvias se había producido un sangriento ataque en el Limpopo, y Mma Ramotswe había hablado de ello con el señor J.L.B. Matekoni. Se daba la circunstancia de que él conocía a la víctima, era un amigo de un primo suyo y tenía una pequeña granja cerca del río. El hombre se había aventurado en su barca a fin de recuperar unas reses, las cuales lograron vadear el río, pese a que iba crecido, pero por la orilla contraria.

En ese punto el Limpopo no era muy ancho, pero el canal central, bastante profundo, era el escondite perfecto para un depredador. Estaba el hombre en mitad del río en su fuera borda, cuando un cocodrilo de gran tamaño sacó medio cuerpo del agua e hizo presa en su hombro, arrastrándolo al fondo. El pequeño pastor que iba con él en la barca lo vio todo. Al principio no le creyeron, ya que los cocodrilos raramente atacan una barca, pero el muchacho insistió en su versión. Al final aparecieron restos del pobre hombre, y se vio que el muchacho había dicho la verdad.

Mma Ramotswe miró el agua. A un cocodrilo le resultaba fácil ocultarse cerca del borde, donde había piedras, vegetación medio sumergida y terrones de lodo rompiendo la superficie: cualquiera de estas cosas podía ser la punta del hocico del animal asomando del agua lo suficiente para permitirle respirar; y un poquito más allá, otros dos diminutos islotes de barro eran en realidad los ojos atentos del cocodrilo, fijos en su posible presa. «Estamos muy acostumbrados a ser el depredador —pensó Mma Ramotswe—, a que los otros nos teman. Pero aquí, a un paso de nuestro elemento natural, acecha el animal que tiene al hombre como presa».

Un poco más allá un martín pescador sobrevoló el agua antes de lanzarse en picado; un destello de espuma blanca, y vuelta a subir hasta su punto de observación. Mientras observaba todo esto, Mma Ramotswe sonrió. Cada cosa tenía su sitio, pensó para sus adentros. Dio media vuelta y remontó lentamente el camino hacia la furgoneta para esperar la llegada de Mma Potokwani y los niños. Le pareció oír un motor a lo lejos; debía de ser uno de los minibuses del orfelinato, salvado y reparado por el señor J.L.B. Matekoni, oficialmente retirado de circulación por Derek James, que llevaba la oficina de la institución, y sustituido por un vehículo más nuevo..., pero recuperado por Mma Potokwani, que no soportaba tirar la más mínima cosa. Ahora los minibuses viejos los utilizaban para viajes así, puesto que Mma Potokwani no quería correr el riesgo de que a un vehículo más nuevo se le rompiera la suspensión en una pista con tantos baches.

Eran dos viejos minibuses de color azul. El primero, conducido a trancas y barrancas por Mma Potokwani, se detuvo cerca de donde estaba Mma Ramotswe, y la supervisora se apeó para abrir la puerta de atrás. Del vehículo salió una tromba de niños.

Mma Ramotswe hizo cuentas: diecinueve niños para un vehículo de doce plazas.

Mma Potokwani debió de adivinar lo que estaba pensando.

—No se preocupe —le dijo a Mma Ramotswe—. Los niños ocupan menos que los adultos. Siempre hay sitio para dos o tres más. —Se volvió y dio unas palmadas—. A ver, niños, que nadie se acerque al agua. Jugad por aquí. Creo que más allá había unos columpios. Y un tobogán. Vamos, a jugar.

—Cuidado con los cocodrilos —les advirtió Mma Ramotswe—. No os vayan a comer.

Un niño pequeño miró a Mma Ramotswe con los ojos como platos.

—¿A mí me comerían, Mma? —preguntó—. ¿A mí también?

Mma Ramotswe sonrió. Claro, ninguno de nosotros piensa que va a servir de almuerzo a un cocodrilo; ningún niño piensa que puede morir.

—Sólo si no tienes cuidado —dijo—. A los niños que tienen cuidado nunca se los comen los cocodrilos. —Mientras lo decía, se dio cuenta de que eso no era verdad; aquel pobre hombre había tenido cuidado. Pero a los niños no se les podía decir la pura verdad.

—Tendré cuidado, Mma.

—Muy bien.

Mma Potokwani había venido acompañada de dos de las monitoras, y había también un par de adolescentes, voluntarios del colegio Maru-a-Pula. Los niños se arremolinaron en torno a los voluntarios mientras las monitoras disponían el picnic sobre unas mesas de caballete. Mma Potokwani y Mma Ramotswe buscaron un trecho de sombra junto al muro y se sentaron allí.

—Me encanta estar en la sabana —dijo la supervisora, inspirando hondo—. Yo creo que a todo el mundo le gusta.

—A mí sí, desde luego —dijo Mma Ramotswe—. Yo vivo en una ciudad, pero creo que mi corazón no vive allí.

—Nuestros estómagos viven en ciudades —dijo Mma Potokwani, palmeándose la parte delantera de su vestido—. Que es donde está el trabajo. Pero nuestros corazones casi siempre están en otra parte.

Permanecieron un rato en silencio. Sobre sus cabezas, un pajarito brincaba entre las ramas de la acacia. Mma Ramotswe observó a los niños en el ruinoso parque infantil. Dos muchachos daban puntapiés a las estacas del columpio, haciendo que el barro seco de la actividad termitera explotara en nubecillas de polvo.

—¿Por qué los chicos destruyen cosas? —preguntó.

Mma Potokwani soltó un suspiro.

—No pueden evitarlo, son así —dijo—. Cuando empecé a trabajar con niños hace años, yo también me hacía esa clase de preguntas. Después comprendí que no tenía sentido. Los chicos son así, y las chicas son como son. Es como preguntar por qué esos damanes se posan siempre en lo alto de las piedras. Porque sí, y no hay más.

Mma Ramotswe pensó que era verdad. A ella misma le gustaba hacer ciertas cosas, y al señor J.L.B. Matekoni le ocurría otro tanto.

—Se los ve muy felices —dijo, mirando a los niños.

—Y lo son. La mayoría de ellos tuvo un mal comienzo. Ahora las cosas les van bien. Saben que los queremos. —Hizo una pausa y miró hacia el agua—. Bien pensado, Mma Ramotswe, eso es todo lo que un niño necesita saber: que alguien le quiere. Nada más.

Eso también era cierto, pensó Mma Ramotswe.

—Y si se portan mal —continuó Mma Potokwani—, bueno, la mejor medicina es darles más amor. Siempre funciona, se lo digo yo. La gente dice que hay que castigar al que hace una trastada, pero castigando sólo te castigas a ti mismo. ¿Y qué sentido tiene eso?

—«Amor» —musitó Mma Ramotswe; una palabra tan pequeña y sin embargo tan poderosa.

El estómago de Mma Potokwani protestó.

—Tendremos que comer pronto. Pero sí, Mma, ésa es la respuesta. Deje que le cuente una cosa que ocurrió hace un tiempo en el orfelinato. Teníamos un niño que sisaba cosas de la despensa. Todo el mundo sabía que era él. La monitora encargada de la despensa le había visto robar. Los otros niños lo sabían.

»Hablamos con él y le dijimos que lo que hacía estaba mal. Nada, el niño siguió robando, de modo que decidimos probar otra táctica: poner un candado.

Mma Ramotswe se rió.

—Una cosa de lo más razonable, Mma.

—Sí, ríase —dijo Mma Potokwani—. Pero aún no he terminado de explicarle. Le dimos la llave del candado al niño ladrón. Verá, cada niño del orfelinato tiene asignada alguna pequeña tarea, y a ese niño lo nombramos encargado de la despensa.

—¿Y qué pasó?

—Que los robos se terminaron. Todo gracias a la confianza. El niño entendió que confiábamos en él. Dejó de robar. Ya no volvió a hacerlo.

Mma Ramotswe estaba pensando: pensaba que tendría que comentarle algo de esto a Mma Makutsi. Pero en ese momento llegó una de las monitoras con una fuente metálica en la que había varios pedazos de *plumcake* y unos cuantos emparedados. La mujer le tendió la fuente a Mma Ramotswe y volvió adonde los niños.

Mma Potokwani miró de reojo a su amiga.

—Me parece que es para las dos, Mma —dijo, un tanto nerviosa.

—Claro —dijo Mma Ramotswe—, claro.

Comieron, en silencio y contentas. Los niños estaban callados ahora, la boca llena de emparedado de almíbar, y los pájaros se dejaron oír otra vez.

—Lo que intentamos hacer con estos niños —dijo de pronto Mma Potokwani— es darles una vida que merezca la pena recordar. Queremos que tengan muchos recuerdos buenos, para que los malos se pierdan en el olvido.

—Eso está muy bien —dijo Mma Ramotswe.

Mma Potokwani se lamió un poco de almíbar que tenía en un dedo.

—Sí —dijo—. Bueno, ¿y usted, Mma Ramotswe? ¿Cuáles son sus mejores recuerdos? ¿Alguno que sea muy especial?

Mma Ramotswe no tuvo que pensarlo.

—Mi papá —dijo—. Era un hombre bueno y me acuerdo mucho de él. Recuerdo que íbamos andando por una carretera (no sé dónde fue) y que no hacía falta que habláramos, simplemente caminábamos juntos y éramos completamente felices. Y luego... pues...

—¿Qué?

No sabía si contárselo a Mma Potokwani, pero como eran viejas amigas, se decidió a hacerlo.

—Tengo otro recuerdo muy querido: cuando el señor J.L.B. Matekoni me pidió que me casara con él. Estábamos en Zebra Drive. Él había terminado de reparar mi furgoneta y me pidió que fuera su esposa. Era casi de noche pero no del todo, ya sabe, esa hora en que no es ni una cosa ni otra. Fue entonces cuando me lo pidió.

Mma Potkwani escuchó con gesto serio y decidió agradecer el detalle con una confidencia de su parte.

—Qué gracia —dijo—. Creo que en mi caso fue al revés. Se lo pedí yo a mi marido. Sí, estoy segura de que fui yo. No él.

Recordando su conversación con Mma Makutsi, Mma Ramotswe reprimió una sonrisa y se dijo a sí misma: «Ya son dos cosas las que tengo que contarle».

Capítulo
16
Breve capítulo sobre el té

El régimen del té en la Primera Agencia de Mujeres Detectives era, para lo común en Botsuana, muy liberal. No había un momento oficial para el primero del día, no obstante lo cual casi siempre lo preparaban a la misma hora, como si existiera un momento *de jure* para esa primera taza. Era a las ocho, cuando llevaban trabajando cosa de media hora —al menos en teoría—, aunque Mma Ramotswe y Mma Makutsi llegaban muchas veces pocos minutos antes de las ocho. Poner el agua a hervir se había convertido en parte del ritual de abrir la oficina, como también retirar la silla de los clientes del rincón donde había sido colocada al final del día anterior y volver a ponerla en medio de la sala, mirando hacia la mesa de Mma Ramotswe. Después abrían la ventana, sólo la medida justa, y colocaban la cuña en la puerta de manera que corriese un poco el aire pero no entrara demasiado ruido procedente del taller, un cálculo de precisión del cual se encargaba personalmente Mma Ramotswe. A continuación venía un breve intercambio de información entre ambas: lo que Phuti Radiphuti había cenado la víspera, lo que había dicho el señor J.L.B. Matekoni sobre el arriate que estaba cavando para plantar alubias, lo que Radio Botsuana había destacado como noticias a primera hora de la mañana, etcétera. Una vez compartidos estos canapés infomativos, el hervidor eléctrico habría roto a hervir y poco después se serviría la primera (y extraoficial) taza de té.

El té oficial venía dos horas más tarde, a las diez en punto. Era competencia de Mma Makutsi llenar de agua el hervidor, para lo cual salía a cogerla del grifo que había junto a la puerta que daba al taller. Ver a Mma Makutsi con el hervidor debajo del grifo era la señal que esperaba el señor Polopetsi para ir hasta el fregadero que había al otro lado del taller y limpiarse las manos de grasa. A su vez, esto era la señal para que el señor J.L.B. Matekoni decidiera si seguir con lo que tenía entre manos o bien dejar las herramientas y tomarse un respiro, caso de que el trabajo mecánico estuviera lo suficientemente adelantado.

Mma Makutsi preparaba dos teteras. Una de éstas era la suya, rescatada in extremis después de que uno de los aprendices la utilizara para recoger el aceite de un motor diésel que perdía; cosa curiosa, la tetera no había salido mal parada de tan terrible experiencia. Había sido uno de los puntos culminantes de la guerra entre ella y los dos aprendices, y se saldó con un intercambio de insultos y con Charlie abandonando muy ofendido la oficina.

Ahora, mientras vertía el agua caliente en las dos teteras, Mma Makutsi recordó el desagradable incidente y se preguntó cómo le iría a Charlie en su negocio. Desde luego, todo estaba más tranquilo sin él; no se oían esos gritos que de vez en cuando llegaban del taller cuando caía al suelo alguna pieza o herramienta, o cuando un motor se resistía más de la cuenta. Charlie tenía cierta tendencia a cubrir de vistosos insultos a los motores, y aunque Mma Ramotswe le había dicho que procurara no hacerlo cuando hubiera un cliente en la oficina, las exclamaciones se oían igual. Pero ahora todo era silencio; el aprendiz más joven, a quien Mma Makutsi había visto al llegar al trabajo, parecía alicaído e infeliz. Para él debía de ser poco divertido no contar con la compañía de Charlie, y Mma Makutsi se preguntó cuánto tardaría el chico en avisar de que él también dejaba el trabajo y se buscaba otra ocupación; esto desencadenaría una crisis en Speedy Motors, ya que el señor J.L.B. Matekoni no podía hacer todo el trabajo aunque contara con la ayuda del señor Polopetsi. Llenó su tetera y luego alcanzó la latita en donde Mma Ramotswe guardaba el té rooibos. La abrió, miró dentro y la volvió a cerrar.

—Mma Ramotswe.

La aludida levantó la vista de sus papeles. Alguien había escrito pidiéndole que buscara a una persona desaparecida, pero la firma de la carta era indescifrable, no había señas del remitente y no se mencionaba el nombre del desaparecido. Sostuvo la carta a la luz con la esperanza de encontrar alguna pista. Suspiró: no iba a ser un caso fácil.

—Mma Ramotswe —dijo Mma Makutsi.

—¿Sí? ¿Está listo el té?

Mma Makutsi agitó la latita vacía.

—Es que se ha terminado el rooibos. Está vacío.

Mma Ramotswe dejó la carta y se miró el reloj. Eran poco más de las diez.

—Pero si antes, hace un par de horas, hemos tomado una taza y había té rooibos.

—Sí. Pero era la última bolsita. Ya no queda ninguna. La lata está vacía, véalo usted misma.

Abrió la latita y la puso boca abajo: sólo cayeron flotando unas motas de té, detritus de bolsas utilizadas mucho tiempo atrás.

Mma Ramotswe sabía que esto no era un gran inconveniente. Pero a menos que hiciera una escapada en coche al supermercado, no podría conseguir más bolsitas a tiempo del primer té oficial. Si Mma Makutsi le hubiera dicho antes que aquélla era la última bolsita, podrían haber ido a comprar más con la suficiente antelación. Pensó si debía decirle algo a Mma Makutsi, pero decidió que era mejor no hacerlo. Todavía le preocupaba que su adjunta pudiera volver a sus ideas de dejar el trabajo, y una discusión sobre el té podía precipitar justamente eso.

—La culpa es mía —dijo—. Debería haber mirado cómo estábamos de bolsitas.

—No —dijo Mma Makutsi—, yo creo que ha sido culpa mía. Antes tendría que haberle dicho que aquella bolsa de té era la última. Un fallo por mi parte.

Mma Ramotswe hizo un gesto conciliador.

—Oh, no diga eso. Cualquiera puede cometer un error así; igual estás pensando en otra cosa y ni siquiera te fijas en que quedan pocas bolsitas. Ha ocurrido muchas veces.

—¿Aquí en la oficina? —saltó Mma Makutsi—. ¿Me está diciendo que esto ya había pasado?, ¿que se me olvidó avisarla otras muchas veces?

—¡No, qué va! —se apresuró a decir Mma Ramotswe—. Hablaba en general, no me refería a usted. Todo el mundo comete esa clase de errores, es la mar de sencillo. No recuerdo que a usted se le haya pasado nunca por alto que era la última bolsita. Ni una sola vez.

Mma Makutsi pareció satisfecha.

—Bueno. Pero ¿y ahora qué hacemos? ¿Piensa tomar té del normal, Mma?

—Si no hay rooibos —dijo Mma Ramotswe, afrontando con valentía la situación—, no me voy a quedar aquí sentada sin tomar té, ¿verdad? Más vale beber té normal que quedarse sin.

Justo en ese momento hizo su aparición el señor Polopetsi. Tras saludar educadamente a Mma Ramotswe y Mma Makutsi, se acercó al archivador encima del cual esta última había puesto la tetera. Se disponía ya a servirse una taza cuando se detuvo y dijo, mirando a Mma Makutsi:

—Sólo una tetera. ¿Es de rooibos o de té corriente?

—Corriente —murmuró la interpelada.

—¿Y el té rooibos, Mma? —preguntó él, sorprendido.

Mma Makutsi, que había evitado mirarle hasta ahora, le plantó cara.

—¿A usted qué le importa, Rra? Siempre toma té del normal, ¿no? Pues ahí tiene una tetera llena. Vamos, sírvase. Hay de té de sobra...

El señor Polopetsi, hombre afable por naturaleza —más incluso que el señor J.L.B. Matekoni—, no se iba a poner a discutir con Mma Makutsi, de modo que no dijo nada y procedió a servirse.

Mma Ramotswe, que no había perdido detalle, quiso poner paz.

—No pasa nada, Rra. Mma Makutsi no quería ser grosera. Es que se nos ha terminado el té rooibos. Ha sido culpa mía; debería haberlo previsto. Pero tampoco es el fin del mundo.

El señor Polopetsi dejó la tetera y cogió su tazón con ambas manos, como si quisiera calentárselas.

—Quizá tendríamos que establecer un sistema —dijo—. Cuando queden solamente cinco bolsitas en la lata, será hora de ir a comprar más. En la farmacia del hospital donde trabajé, teníamos un sistema de control de existencias parecido. Cuando en los estantes sólo quedaba un determinado número de cajas de un medicamento, automáticamente hacíamos otro pedido. —Tomó un sorbo de té—. Siempre funcionó.

Mma Ramotswe había estado escuchando con una sensación de inquietud. Miró a Mma Makutsi, que había vuelto a su sitio y estaba paseando el dedo por la superficie de la mesa como si dibujara.

—Sí —continuó el señor Polopetsi—, creo que un sistema sería buena idea. ¿En la Escuela de Secretariado les enseñaban sistemas, Mma Makutsi?

Fue un momento de eléctrica tensión, emocionante visto en retrospectiva, pero cargado de peligro. Mma Ramotswe se resistía, pero inevitablemente sus ojos viraron hacia el otro lado de la oficina y se encontró con que Mma Makutsi la estaba mirando también. Entonces Mma Ramotswe sonrió (una sonrisa nerviosa, pero algo era algo) y, para su inmenso alivio, Mma Makutsi le devolvió el gesto. Fue, por así decir, un momento de conspiración femenina, gracias al cual toda la tensión desapareció.

—Tendremos que nombrarlo encargado del té, Rra —dijo Mma Makutsi con un tono neutral—, ya que sabe tanto de sistemas...

Nerviosísimo por esta salida, el señor Polopetsi murmuró una contestación evasiva y salió de la oficina.

—Bueno, todo solucionado —dijo Mma Ramotswe.

Prueba fotográfica

La mañana en que la Primera Agencia de Mujeres Detectives se quedó sin té rooibos, el señor J.L.B. Matekoni dejó al señor Polopetsi y al aprendiz más joven a cargo del taller. No había excesivo trabajo; de los dos coches que habían entrado hoy, uno era un turismo corriente de cinco puertas al que había que hacer una revisión general, y el señor Polopetsi ya se las apañaba solo; al otro había que mirarle el sistema de inyección, que fallaba. Esto era más complicado, pero se suponía que el aprendiz estaba más o menos capacitado para ello. (En cualquier caso, habría que echar un vistazo después.)

«Me voy. Tengo que hacer unas pesquisas para Mma Ramotswe —le dijo el señor J.L.B. Matekoni al señor Polopetsi—. Queda usted a cargo del taller».

Mientras asentía con la cabeza, el señor Polopetsi no pudo por menos de sentir cierta envidia. A su juicio, esa misión deberían habérsela asignado a él, no al señor J.L.B. Matekoni. Le habían dado a entender que era, primordialmente, un empleado de la agencia —ayudante de detective, o cosa similar—, y que su trabajo en el taller sería secundario. Sin embargo, ateniéndose a los hechos, parecía más un mecánico que un detective. Pero no podía quejarse; estaba agradecido por el hecho de que le hubieran ofrecido trabajo, de lo que fuera, después de haber tenido tantos problemas para conseguir un empleo.

El señor J.L.B. Matekoni fue en la camioneta hasta la farmacia, donde había dejado la película a revelar. El dependiente, un joven que llevaba una camiseta roja, le saludó jovialmente.

—¿Sus fotografías? Ya están listas. Las he revelado yo mismo. ¡Si no le gustan, le devolvemos su dinero! —De una caja de cartón que tenía detrás, sacó un sobre de vivos colores—. Aquí las tiene.

El señor J.L.B. Matekoni empezó a sacar de su cartera un billete de cincuenta pulas.

—No le voy a cobrar el precio normal —dijo el joven—. En el carrete sólo había dos negativos expuestos. ¿Le pasa algo a su cámara?

El señor J.L.B. Matekoni se preguntó cuál podía ser la *otra* fotografía.

—¿Dos?

—Sí. Ya verá. Permítame. —El joven abrió el sobre y extrajo dos copias grandes en papel satinado—. Ésta de aquí es de una casa. Queda un poco más abajo, al doblar la esquina. Y esta otra es... de una señora con un hombre. Debe de ser su novio, creo. No hay más. El resto de la película está en blanco.

El señor J.L.B. Matekoni miró la foto de la casa: había salido bastante bien y distinguió la figura de una mujer sentada en la galería, aunque al hombre que estaba en el escalón —con la cabeza en dirección opuesta a la cámara y en sombras debido a una rama baja— no había modo de identificarlo. En cualquier caso, lo que interesaba no era el señor Botumile sino la mujer, y ella sí se veía con claridad. Miró la otra foto; debía de haber sido hecha tiempo atrás y estaba ya en el carrete. La cogió de manos del dependiente.

Se veía a Mma Ramotswe en pie delante de un árbol. Había un par de sillas detrás de ella, a la sombra, y al lado de Mma Ramotswe, también de pie, había un hombre. El hombre llevaba puesta una camisa blanca y una estrecha corbata roja. Sus zapatos marrones estaban muy bien lustrados y la hebilla de su cinturón relucía. Y con un brazo ceñía la cintura de Mma Ramotswe.

El señor J.L.B. Matekoni se quedó como embobado mirando la fotografía. «¿Quién es este hombre? No lo sé. ¿Por qué rodea con el brazo a Mma Ramotswe? Sólo puede haber una razón. ¿Cuánto tiempo hace que se ven?». Las preguntas se sucedían atropelladamente, y eran todas dolorosas.

Al notar su reacción, el joven adivinó que la foto de Mma Ramotswe le había causado una tremenda impresión. Estaba seguro de que muchas veces ocurría así, cuando entregaba las fotos a un cliente; pero no era normal que el cliente fuese el marido.

—Esta foto de la casa... —dijo, poniéndola en la mano del señor J.L.B. Matekoni—. Conozco el sitio. Está junto a la carretera de Tlokweng, ¿no? Ahí viven los Baleseng. Yo los conozco. Ésa es Mma Baleseng. Su marido, el señor Baleseng, daba clases de fútbol en el club de chicos. Es muy bueno jugando. ¿Usted ha jugado alguna vez al fútbol, Rra?

El señor J.L.B. Matekoni continuó como si no hubiera oído nada.

—¿Rra? —El tono del dependiente fue de lo más amable. «No me equivoco —pensó—: esa foto lo ha dejado hecho polvo».

El señor J.L.B. Matekoni levantó finalmente la vista. Parecía aturdido, pensó el joven: a punto de echarse a llorar.

—No le cobraré nada, Rra —dijo el dependiente, mirando por encima del hombro—. Cuando sólo hay una o dos fotos en un carrete, no cobramos. Da pena hacer pagar por un fracaso.

«Pagar por un fracaso». Las palabras calaron hondo, muy hondo. «Estoy pagando por mi fracaso como marido —pensó el señor J.L.B. Matekoni—. No he sido un buen esposo y ésta es la recompensa. Estoy perdiendo a Mma Ramotswe».

Dio media vuelta, acordándose apenas de dar las gracias al dependiente, y volvió a la camioneta. Afuera el día era muy diáfano, el sol luciendo implacable y el aire casi quebradizo; todo estaba como en relieve. Bajo esa luminosidad los fallos humanos, nuestra fragilidad, eran inmisericordemente visibles. Allí estaba él, un simple mecánico, un hombre poco hábil con las palabras, un hombre de escasa fortuna; un hombre común y corriente que había amado a una mujer excepcional y que pensó que quizá sería lo bastante bueno para ella; qué cosas de pensar, cuando había hombres de ingenioso verbo y sofisticadas maneras, hombres que sabían cómo seducir a una mujer, cómo apartarla de los hombres aburridos que pretendían —¡pobres ilusos!— hacerla suya.

Intrudujo la llave de contacto. «No —se dijo a sí mismo—; estás sacando conclusiones apresuradas. No tienes ninguna prueba de que Mma Ramotswe sea infiel; lo único que tienes es una fotografía, un simple fotografía. Y todo cuanto sabes de Mma Ramotswe y de su personalidad —continuó pensando—, todo lo que sabes sobre su honestidad a prueba de bomba, indica que estas conclusiones son injustas». No, era inconcebible que Mma Ramotswe tuviese una aventura, y él haría bien en no alimentar la menor sospecha en ese sentido.

Soltó una carcajada. A solas en su camioneta, se rió de su estupidez. Recordó lo que el doctor Moffat había dicho acerca de su enfermedad; que una persona víctima de depresión podía tener extrañas ideas —engaños— sobre sus propios actos o sobre lo que hicieran los demás. Aunque él ahora estaba mejor y ya no tenía que tomar aquellas píldoras, le habían advertido sobre una posible recaída en esos pensamientos y sentimientos irracionales, recomendándole que estuviera alerta si se repetían. Quizá era eso lo que le había pasado: simplemente había tenido una de esas ideas pasajeras y había permitido que fuera a más. «Debo pensar con lógica —se dijo a sí mismo—. Estoy casado con una mujer buena y fiel que jamás tendría un amante, que jamás me decepcionaría. Estoy a salvo; su afecto es lo que me da esa certeza».

Sí, pero, sin embargo... ¿quién era el de la foto?

Haciendo un esfuerzo supremo, el señor J.L.B. Matekoni borró de su mente aquella preocupante fotografía y se concentró en la de Mma Baleseng.

Él había ido a casa de Mma Botumile, un viejo chalet cerca de Nyerere Drive. Era una zona cara de la ciudad cuyas casas databan de cuando Gaborone fue nombrada capital del nuevo estado independiente de Botsuana. Las parcelas eran de generosas dimensiones y las casas tenían el intrincado confort de la época: grandes habitaciones rectangulares y amplios aleros para proteger las ventanas del sol. Sólo después, cuando los arquitectos empezaron a imponer un diseño exterior de líneas bien definidas, los aleros desaparecieron y las ventanas quedaron expuestas al sol, un grave error tratándose de un país como Botsuana. En la casa de los Botumile sí había sombra, así como ventiladores que ronroneaban incluso a finales del invierno, como ahora, y los suelos de piedra encerada en rojo eran frescos.

Mma Botumile le recibió en la galería, que tenía en frente un jacarandá de espeso ramaje y un área pavimentada con baldosas irregulares. No se levantó para saludarlo cuando la doncella le hizo pasar, sino que continuó hablando por teléfono. El señor J.L.B. Matekoni miró primero al techo y luego a las plantas que había en varias macetas, procurando evitar a la grosera de su anfitriona.

Finalmente Mma Botumile terminó con su llamada y, tirando el teléfono inalámbrico sobre un cojín que tenía al lado, dijo:

—Bien, Rra. Dice que tiene una información que darme.

No hubo saludo, ni muestra de interés por la salud de quien la visitaba. Pero como, a estas alturas, él ya estaba acostumbrado, no dejó que eso lo soliviantara.

—He llevado a cabo una investigación —dijo con solemnidad. Mirando la butaca que había al lado de la de ella, añadió—: ¿Puedo sentarme, Mma?

Mma Botumile hizo un gesto seco.

—Como quiera. Sí, siéntese y cuénteme lo que ha averiguado sobre este marido mío.

El señor J.L.B. Matekoni tomó asiento y sacó la fotografía que llevaba en el sobre.

—He seguido a su marido, Mma —empezó—. Lo seguí desde su trabajo y pude establecer que ha estado viéndose con otra mujer.

Observó la reacción de Mma Botumile. Ella se dominó, cerrando apenas los ojos unos segundos, antes de mirarlo a él.

—¿Y?

—La mujer se llama Mma Baleseng, tengo entendido, y vive en...

Pudo oír cómo Mma Botumile tragaba aire.

—¿Ha dicho Baleseng?

—Sí —contestó él—. La verá si examina esta fotografía. Ésa es su casa. Y esa persona de ahí, que no se ve muy bien debido a la sombra del árbol, es su marido llegando a la casa. Son sus piernas.

—Es ella —dijo Mma Botumile entre dientes, mirando la fotografía—. Es ella.

—¿La conoce usted? —preguntó el señor J.L.B. Matekoni.

Mma Botumile le dirigió una mirada colmada de furia.

—¿Que si la conozco? ¿Me está preguntando si conozco a esa mujer? —Estampó la foto contra la mesita—. Naturalmente que sí. Su marido trabaja en la misma empresa que el mío. No se caen muy bien, que digamos, pero son compañeros de trabajo. Y ahora ella se entiende con mi esposo. ¡Es increíble!

El señor J.L.B. Matekoni juntó las manos, deseando haber podido hablar con Mma Ramotswe sobre la manera más adecuada de comunicar una información semejante: ¿Qué había que hacer? ¿Mostrarse compasivo, solidario? ¿Tratar de consolar al cliente? Pensó que no sería fácil consolar a alguien como Mma Botumile, pero se dijo que no estaba de más intentarlo.

—Nunca pensé que podía entenderse con ésa —dijo Mma Botumile con desdén—. Una mujer tan fea... Feísima, vaya.

El señor J.L.B. Matekoni estuvo a punto de decir: «Sí, pero eso, la pobre, no puede evitarlo». Decidió probar con otra cosa.

—Quizá es que... —empezó, pero no pudo terminar pues Mma Botumile se había levantado repentinamente y estaba mirando hacia el camino particular.

—¡Oh, qué bien! —dijo—. Qué oportuno. Es mi marido, que acaba de llegar.

El señor J.L.B. hizo ademán de levantarse, pero Mma Botumile lo hizo sentar otra vez de un empujón.

—Quédese —dijo—. Puede que le necesite.

—¿Va usted a...? —empezó a preguntar él.

—Desde luego —dijo ella—. Claro que voy a. Y él también va a tener que. Voy a pedirle que se explique, ¡y ya imagino la cara que va a poner! Esto promete ser divertido, se lo digo yo. Espero que tenga usted sentido del humor para poder disfrutarlo.

Mientras ella iba a recibir a su marido, el señor J.L.B. Matekoni permaneció sentado en la galería, tan solo como desdichado. Se le ocurrió que Mma Botumile no podía retenerlo en contra de su voluntad, que podía marcharse cuando le viniera en gana, pero si lo hacía era muy probable que Mma Ramotswe se enterara de que había abandonado y eso no le iba a gustar nada de nada. No, tenía que quedarse y dar a Mma Botumile el apoyo que esperaba de él en su careo con el marido.

Oyó voces —la de Mma Botumile y la de un hombre— y entonces apareció ella, seguida del hombre en cuestión. Pero no era su marido; no era el señor Botumile.

—Éste es mi marido —dijo Mma Botumile, señalando al hombre con bastante grosería.

El señor J.L.B. Matekoni los miró alternativamente a los dos.

—¿Qué? —dijo ella—. ¿Es que ha visto un fantasma?

El señor J.L.B. Matekoni se fijó en que el hombre le estaba mirando entre perplejo y expectante, pero decidió hacer como que no se daba cuenta.

—No es el hombre —dijo, mirando a Mma Botumile.

—¿Cómo? No le entiendo —contestó ella, y volviéndose a su marido, casi en un aparte, le espetó—: Tu aventurilla se ha terminado. Para siempre. Desde ya.

Ningún actor podría haber disimulado más convincentemente que el señor Botumile, de haber estado disimulando, cosa que el señor J.L.B. Matekoni dedujo rápidamente que no era el caso.

—¿Yo? ¿Una aventura?

—Sí, tú —le espetó Mma Botumile.

—Oh... Ah... —El señor Botumile buscó visualmente apoyo en el señor J.L.B. Matekoni—. Eso no es cierto, Rra. Se lo aseguro.

El señor J.L.B. Matekoni contuvo la respiración. Siempre igual: las mujeres como Mma Botumile y Mma Potokwani eran todas iguales, y temibles, pero había que plantarles cara. No era sencillo, eso desde luego.

—No es él —dijo en voz alta y clara—. Ése no es el hombre al que seguí.

—Pero usted ha dicho que...

—Sí, es verdad, pero me he equivocado. Vi salir a otro hombre de la oficina. También conducía un coche rojo grande. Fue a ese otro a quien seguí.

El señor Botumile dio una palmada.

—Claro, el señor Baleseng. Trabaja conmigo. Es el director financiero de la empresa. ¡Siguió a Baleseng, Rra! ¡Y resulta que Balenseng tiene un lío!

Mma Botumile fulminó al señor J.L.B. Matekoni con una mirada arrasadora.

—Estúpido, más que estúpido. Es usted un inútil —le espetó—. Y esa foto, otra estupidez. ¡Era el señor Baleseng que volvía a su casa! ¡Qué estúpido es usted!

El señor J.L.B. Matekoni soportó los insultos en silencio. Bajó la vista: primero a la mesa, luego a la fotografía (tan inocente, después de todo). Su título podría ser «Matrimonio feliz», pensó. Había cometido un error, sí, pero era un error genuino como podía cometerlo cualquier hijo de vecino, incluida la arrogante Mma Botumile.

—No me llame estúpido —dijo sin alzar la voz—. Eso no lo voy a tolerar, Mma.

Ella, sacando chispas por los ojos, insistió:

—Estúpido. Ya está, ¿lo ve? Le he llamado estúpido.

Pero el señor J.L.B. Matekoni estaba pensando en otra cosa. Acababa de ocurrírsele que en realidad sí tenía algo importante que comunicar a estas personas, aunque se tratara de una conjetura.

—Seguí a ese señor Baleseng en dos ocasiones —dijo—. Y en la primera vi algo muy interesante.

—No me diga —se burló ella—. ¿Le vio ir de compras, quizá? ¿Vio cómo compraba unos calcetines? ¡Oh, sí, una información interesantísima!

—No está bien que se burle de mí —dijo el señor J.L.B. Matekoni, alzando ahora la voz, pero dominándose todavía—. No debe hablarme en ese tono. Es usted muy mal educada. —Hizo una pausa—. Vi que el señor Baleseng se reunía con Charlie Gotso. Y pude oír lo que hablaban.

El efecto que causaron sus palabras no pudo ser más contundente. Si el señor Botumile había lucido una sonrisita desde el momento en que había quedado establecida su inocencia, ahora se animó de golpe.

—¿Gotso? —dijo—. ¿Se vio con Gotso?

—Así es —dijo el señor J.L.B. Matekoni.

—¿Y para qué? —preguntó Mma Botumile—. ¿De qué hablaron?

—De minas —respondió el señor J.L.B. Matekoni.

Los esposos intercambiaron una mirada.

—Esto hay que oírlo —dijo él.

—Si antes se disculpa —dijo el señor J.L.B. Matekoni con mucha dignidad—. Si no, no cuento nada.

Mma Botumile agrandó los ojos. Parecía estar librando una lucha interna pero, al final, se volvió a su marido y dijo:

—Lo siento. Después hablamos.

El señor J.L.B. Matekoni carraspeó. Era a él a quien Mma Botumile debía haber expresado sus disculpas, no al otro. Tendría que disculparse, ella, por segunda vez, cosa que al señor J.L.B. Matekoni le parecía conveniente habida cuenta de que la mujer tenía mucho de que disculparse.

Mientras esperaba a que ella lo comprendiera y le pidiera disculpas (como así lo hizo, tarde y a regañadientes), el señor J.L.B. Matekoni pensó: «Yo soy mecánico, no un detective. Eso ya ha quedado bien claro».

—Bien —dijo el señor Botumile—, ahora explíquenos exactamente qué fue lo que oyó.

El señor J.L.B. Matekoni así lo hizo, con algunos vacíos en su relato que los Botumile parecieron cubrir con diligencia. Al final, sonriendo satisfecho por lo que acababa de averiguar, el señor Botumile habló sobre manipulación de acciones; sobre información privilegiada; sobre la gran ventaja que representaba saber las cosas con antelación. Charlie Gotso podría haber obtenido grandes beneficios con las acciones de la compañía minera, porque iba por delante de los acontecimientos. Y una parte de esos beneficios, le explicó el señor Botumile, iría a parar a manos de Baleseng.

—Ha hecho un excelente trabajo de detective —dijo finalmente—. De veras, Rra.

El señor J.L.B. Matekoni sólo dijo «Ah»; él no creía que esa afirmación fuera cierta. ¿Podías ser bueno en algún oficio sin tú saberlo? ¿Podías atribuirte el mérito de unos resultados fortuitos? Pero, fueran cuales fuesen las respuestas a estas preguntas, él ya había tomado una decisión. Las cosas que sabemos hacer mejor, pensó, son las que siempre hemos hecho mejor.

Nos engañamos, o nos engañan

βueno, Mma Makutsi —dijo Mma Ramotswe—. Hábleme de su caso. Esa mujer bajita...

—Teenie.

Mma Ramotswe no pudo evitar reírse.

—Supongo que a ella no le importa, pero ¿por qué la gente tolera un nombre así? Los batswana, a veces, somos poco agradables con los nombres que nos adjudicamos.

Mma Makutsi estuvo de acuerdo. Cuando ella era pequeña, en Bobonong había un niño cuyo nombre quería decir «el de las orejas separadas». El chico lo llevaba bien, sin que pareciera preocuparle demasiado, aparte de que era verdad: tenía las orejas separadas, casi en ángulo recto respecto a la cabeza. Pero ¿por qué endilgarle a un niño semejante nombre? Y luego estaba aquel hombre del supermercado, cuyo nombre, traducido del setswana, significaba «nariz gorda». Sí, tenía la nariz grande, pero había personas con la nariz mucho más grande que él, y era únicamente a causa de su apelativo que a Mma Makutsi se le iban inexorablemente los ojos a esa parte de la cara del hombre cada vez que pasaba por el supermercado. Llamar así a la gente era una falta de tacto y una maldad.

—No creo que a ella le importe que la llamen Teenie, Mma —dijo—. Y realmente es muy menuda. Aparte de que... —No terminó la frase. Había una tristeza indefinible en aquella mujer, con su mirada suplicante. Daba la impresión de querer algo, pero ella no estaba segura de qué. ¿Amor, tal vez? ¿Amistad? Tenía como un aura de soledad, como les ocurría a ciertas personas que no estaban en su sitio, que procuraban adaptarse, pero nunca parecían estar a gusto.

—Es una infeliz —dijo Mma Ramotswe—. He visto a esa mujer. No la conozco, pero la he visto.

—Sí, es infeliz —corroboró Mma Makutsi—. Pero nosotras no podemos hacer nada, ¿o sí?

—No siempre podemos hacer felices a los clientes —dijo Mma Ramotswe, con un suspiro—.

A veces, sí. Todo depende de si el cliente quiere enterarse de las cosas. La verdad no siempre es bonita, ¿verdad?

Mma Makutsi cogió uno de los lápices de su mesa y se puso a garabatear en un pedazo de papel. Sin darse cuenta, estaba dibujando un cielo, una nube, un vacío, una acacia con su forma de paraguas, simples trazos sobre el blanco del papel. La felicidad. ¿Cómo era que veía estas cosas cuando pensaba en la felicidad?

—¿Usted es feliz, Mma Ramotswe? —preguntó. El lápiz continuaba moviéndose. Dibujó una cazuela, y eso, las líneas onduladas de debajo, era el fuego. Cocinar. Preparar comida para Phuti Radiphuti, el hombre que le había regalado un diamante como prueba de que la amaba, cosa de la que ella no tenía la menor duda. Una chica de Bobonong con un anillo de diamante en el dedo, y un hombre que era propietario de una tienda de muebles y de una casa. «Todo esto me ha pasado a mí».

—Soy muy feliz —dijo Mma Ramotswe—. Tengo un buen marido. Tengo mi casa en Zebra Drive. Motholeli y Puso. Tengo esta agencia. Y muchos amigos, incluida usted, Mma Makutsi. Soy una mujer muy feliz.

—Estupendo.

—Y usted, Mma, ¿también es feliz?

Mma Makutsi dejó el lápiz, se miró los zapatos —los de color verde con el forro azul cielo—, y los zapatos la miraron a ella. «Vamos, jefa. No se ande con rodeos. Dígaselo». No le gustaba nada que le hablaran con ese descaro, pero hubo de reconocer que sus zapatos tenían razón.

—Soy feliz —respondió—. Voy a casarme muy pronto con el señor Phuti Radiphuti.

—Que es un hombre bueno —interrumpió Mma Ramotswe.

—En efecto. Y tengo un buen puesto de trabajo.

Aliviada al oír estas palabras, Mma Ramotswe cabeceó repetidas veces con entusiasmo.

—De detective adjunta —añadió al punto Mma Makutsi.

—Así es —confirmó Mma Ramotswe—. De detective adjunta.

—Tengo todo lo que se necesita en la vida —concluyó Mma Makutsi—. Y gran parte se lo debo a usted, Mma Ramotswe. No sabe cuánto se lo agradezco.

Como poca cosa se podía añadir sobre el tema de la felicidad, la conversación retomó el caso de Teenie. Mma Makutsi habló de su visita al taller de impresión.

—Hablé con todo el personal —dijo—. Lo malo es que ya sabían quién era yo; el rumor corrió como la pólvora porque uno de ellos me reconoció. Nadie parecía saber que faltara material. Nadie concebía que un trabajador pudiera robar cosas de la imprenta. Y eso fue todo. —Hizo una pausa—. No sé muy bien qué debo hacer ahora. Teenie sospecha de una persona y, la verdad, cuando le vi me pareció que tenía un aspecto muy sospechoso.

Esto intrigó a Mma Ramotswe.

—¿Eso fue una primera impresión, Mma?

—Oh, desde luego —respondió Mma Makutsi—. Ya sé que no debemos juzgar por las apariencias. Pero...

—Exacto. «Pero» —dijo Mma Ramotswe—. Y el pero es importante. Las personas dicen mucho por el modo que tienen de mirarnos. No lo pueden evitar.

Mma Makutsi recordó que el hombre en cuestión había apartado la vista al ser presentados. Luego, cuando levantó los ojos para mirarla, los había apartado de nuevo. Y ella pensó que no se fiaría nunca de alguien que mirara de esa forma.

—Puede que sea él —dijo Mma Ramotswe—, pero ¿qué podemos hacer? ¿Tenderle una trampa? Hemos hecho algo así en casos parecidos, ¿no es cierto, Mma? Dejar allí alguna cosa tentadora y encontrarla luego en poder del ladrón. Podría usted hacer eso.

—Sí. Quizá...

Entonces Mma Ramotswe recordó que, durante el picnic, Mma Potokwani había comentado algo en relación con ese problema: la historia del niño aquel que robaba comida de la despensa. Y Mma Potokwani había dado con la solución. Por supuesto, un niño era un niño, pero sus temores y sus sentimientos no eran tan diferentes de los de un adulto.

—Mma Potokwani me contó una cosa —dijo—. En el orfelinato tenían un niño que robaba comida, y resolvieron el problema dándole la llave de la despensa. Así de simple.

Mma Ramotswe casi daba por hecho que Mma Makutsi rechazaría de plano su sugerencia, pero, curiosamente, ésta pareció muy interesada.

—Entonces ¿funcionó?

—No hubo más robos —respondió Mma Ramotswe—. Aquel niño no sabía qué era que alguien confiara en él. En cuanto entendió que era digno de confianza, supo estar a la altura. Volviendo al hombre de aspecto sospechoso. ¿Y si lo pusieran a cargo del material? Quizá si esa tal Teenie le hiciera ver que confía en él...

Mma Makutsi se miró los zapatos. «¡Por qué no, jefa!».

—Tal vez sí, Mma —dijo, primero con escasa convicción, pero luego su tono cambió—. Sí. Propondré que lo nombren encargado de material. Pueden pasar dos cosas: que deje de robar porque vea que confían en él, o bien... que se lo lleve todo.

En la versión de Mma Potokwani, la historia tenía otra moraleja, pero Mma Ramotswe hubo de reconocer que su ayudante era muy realista.

—Sí —dijo—. Al menos eso quedará claro.

«Seguro que lo roba todo, jefa», le dijeron los zapatos a Mma Makutsi.

Charlie se presentó aquella misma tarde. El señor J.L.B. Matekoni estaba atareado revisando una caja de cambios y el aprendiz más joven haciendo un cambio de aceite. Al ver a Charlie, el señor J.L.B. Matekoni se levantó y se limpió las manos en una toalla de papel. Charlie, sin entrar del todo en el taller, hizo un gesto lánguido de saludo con la mano derecha.

—Soy yo, jefe. Soy yo.

—¡Hombre, si todavía no me he olvidado de ti! —rió el señor J.L.B. Matekoni—. Has venido a hacernos una visita. —Miró hacia el terreno abierto que había enfrente del taller—. ¿Cómo está el Mercedes-B...? —Su voz flaqueó al final de la pregunta. Ni Benz ni nada: allí no había coche.

La actitud de Charlie lo delató: su manera de bajar la vista, su expresión de desconsuelo, su misma postura de vencido. El otro aprendiz, ahora al lado del señor J.L.B. Matekoni, miró a su jefe con nerviosismo.

—Charlie ha vuelto —dijo, procurando sonreír—. Ya lo ve, Rra. Vuelve al taller. Tiene que darle trabajo otra vez, Rra. Por favor... —añadió, tironeando la manga del señor J.L.B. Matekoni y dejando un manchón en la tela.

Al ver la mancha de grasa, el señor J.L.B. Matekoni tuvo que contenerse. Les había repetido mil veces a los chicos que no le tocaran con los dedos grasientos, pero ellos no hacían caso, siempre le tocaban en el hombro, o le agarraban del brazo para enseñarle alguna cosa... y el mono de faena le quedaba hecho un asco, con el cuidado que él ponía en mantenerlo siempre lo más limpio posible. Y ahora este tontuelo le había estampado sus huellas en la manga, en tanto que el otro —más tontuelo aún— probablemente se había cargado un Mercedes-Benz que era viejo pero funcionaba perfectamente. ¿Qué se podía hacer con este par de inútiles?

Se dirigió primero a Charlie, en voz baja.

—¿Qué ha pasado? Sólo dime qué ha pasado. Sin andarte con rodeos. Sin decir «La culpa no ha sido mía». Sólo di lo que ha pasado.

Charlie cambió el peso de pierna.

—Tuve un accidente —dijo—. Hace dos días.

El señor J.L.B. Matekoni inspiró hondo.

—Ya. ¿Y?

—Ni siquiera pude traer el coche —dijo Charlie—. El mecánico de la policía lo miró y dijo que... —Hizo un gesto de impotencia.

—¿Siniestro total? —preguntó el aprendiz más joven.

Charlie se cubrió la boca con una mano. Su voz sonó amortiguada detrás de los dedos.

—Sí. Dijo que intentar repararlo costaría mucho más de lo que merecía la pena gastarse. Siniestro total, sí.

El señor J.L.B. Matekoni alzó los ojos al cielo. Se había esforzado mucho con estos dos chicos, y todo lo que hacían, absolutamente todo, salía mal. Se preguntó si él había sido así de joven, tan propenso al desastre, tan incapaz de hacer nada a derechas. Había cometido errores, por supuesto que sí, pero sus meteduras de pata nunca estuvieron al nivel de incompetencia que estos chicos alcanzaban con tanta facilidad.

Le entraron ganas de gritar, de agarrar a Charlie por las solapas y sacudirlo; sacudirlo bien para ver si así su cabeza dejaba de pensar de una vez por todas en chicas, en ropa chillona y en hacer tonterías. Era muy tentador, y casi estuvo a punto de hacerlo, pero se contuvo. El señor J.L.B. Matekoni nunca le había puesto la mano encima a nadie, y no iba a empezar ahora. El momento de peligro pasó.

—Verá, jefe, yo... —empezó Charlie—. Había pensado que quizá me dejaría trabajar aquí otra vez.

El señor J.L.B. Matekoni se mordió el labio. Era una gran oportunidad para librarse para siempre de Charlie, pero, al mismo tiempo que esa posibilidad se concretaba en su mente, comprendió que, de hecho, se sentía aliviado de tenerlo de nuevo en el taller, al margen de las circunstancias. El coche estaba asegurado, pero con la cobertura deducible aún saldría perdiendo del orden de cinco mil pulas, calculaba él. Así pues, el accidente le costaría cinco mil pulas, y Charlie nunca iba a tener posibilidades de devolverle ese dinero. Por otro lado, los chicos formaban parte del taller. Eran como los parientes que siempre están pidiendo, como la sequía, como las deudas: cosas que están ahí y a las que uno acaba por acostumbrarse.

—Muy bien —dijo con un suspiro—. Puedes reincorporarte al trabajo mañana.

El otro aprendiz, contentísimo, apretó con fuerza el brazo del señor J.L.B. Matekoni.

—¡Oh, jefe, qué bueno es usted! Se ha portado muy bien con Charlie.

El señor J.L.B. Matekoni no dijo nada, sólo se libró del apretón del joven y volvió a entrar al taller. Nuevas manchas de grasa afeaban su manga y pensó en abroncar al muchacho por ese motivo, pero no lo hizo. «¿Para qué? Son cosas de la vida», pensó.

Fue a la oficina y encontró a Mma Ramotswe dictando una carta a Mma Makutsi, que estaba tomando nota en taquigrafía. Permaneció un momento en el umbral hasta que Mma Ramotswe le hizo señas de que podía entrar.

—No es nada privado —dijo—, una carta a un cliente que no nos paga.

—Ah. ¿Y qué le dicen? —preguntó él.

—Si no paga usted la factura pendiente antes de final de mes, nos veremos obligados a... —leyó Mma Makutsi. Hizo una pausa—. Nos hemos parado aquí.

—Nos veremos obligados a... —dijo Mma Ramotswe.

—A tomar medidas —sugirió el señor J.L.B. Matekoni.

—Eso —dijo Mma Ramotswe—. Me parece bien. —Se echó a reír—. Bueno, nosotras nunca tomamos medidas, pero a veces basta con hacer que la gente se lo crea.

—Las deudas son un problema, sobre todo las grandes —dijo él. Estuvo a punto de añadir «y los aprendices inútiles, también», pero se lo calló. Tras una pausa, y como quien comunica una noticia de lo más trivial, añadió sucintamente —: Charlie ha venido. De coche, nada: siniestro total. Mañana vuelve al trabajo.

Dijo esto último observando atentamente a Mma Makutsi, y luego, cuando se volvió para mirar a Mma Ramotswe, reparó en que también ella miraba a su ayudante. Sabía que Mma Makutsi no se entendía con los aprendices, sobre todo con Charlie, e imaginaba que su inminente regreso no sería bien recibido. Pero Mma Makutsi, consciente de que ambos la observaban, no reaccionó con brusquedad. Sí, hubo un instante en que las lentes de sus grandes gafas redondas parecieron lanzar sendas chispas, pero fue sólo porque al mover ella la cabeza habían reflejado la luz. Y luego, cuando habló, lo hizo sin alzar la voz.

—Es una pena para el chico. —Y agregó—: Adiós a la Primera Agencia de Taxis para Mujeres. —Sonó como un sencillo epitafio, desprovisto de acritud o aires de victoria, sin insinuar «ya lo decía yo».

Aquella noche, durante la cena, cuando el señor J.L.B. Matekoni hizo la observación de que Mma Makutsi había tenido un bonito detalle digno de la mejor nota, Mma Ramotswe contestó:

—Sí. Como mínimo un noventa y siete por ciento.

Estaban sentados a la mesa ellos dos, pues Puso y Motholeli habían cenado más temprano y estaban en sus cuartos terminando los deberes.

—Pobre chico —dijo Mma Ramotswe—. Le hacía tanta ilusión, lo del taxi. Pero, bien pensado, creo que ya me imaginaba que la cosa acabaría así. Charlie es Charlie. Cada cual es como es.

«En efecto —pensó el señor J.L.B. Matekoni—: cada cual es como es y lo que es. Yo, por ejemplo, soy mecánico; no soy otra cosa. Imagino que a otras personas les fastidian mis manías, como lo de guardar piezas de repuesto en una habitación (eso a Mma Ramotswe le molesta). Y no siempre limpio la bañera después de utilizarla; ya procuro acordarme, pero a veces se me olvida, o tengo prisa por algo. En fin, esas cosas. Pero todos tenemos algo de que avergonzarnos».

Miró a Mma Ramotswe. Si de algo se avergonzaba era de haber pensado que ella podía tener una aventura con otro hombre, que podía abandonarlo. Había intentado quitarse esas ideas de la cabeza porque sabía que eran tan infundadas como injustas; Mma Ramotswe jamás lo engañaría, estaba seguro de ello. Sin embargo, esos inquietantes pensamientos continuaban medrando en un rinconcito de su mente. Sí, y luego estaba la foto. Había procurado no pensar tampoco en eso, pero era inútil: ¡qué difícil era no querer pensar en algo! En la foto Mma Ramotswe estaba con otro hombre, y éste le rodeaba la cintura con el brazo. Así lo había registrado la cámara... para su desgracia. ¿Cómo no iba a pensar en ello?

Mma Ramotswe estaba untando de mantequilla un trozo de pan. Cortó el pan en dos y se metió un pedazo en la boca. Al levantar los ojos, vio que el señor J.L.B. Matekoni la miraba fijamente, con esa expresión que a veces ponía, entre triste y desconcertado. Tragó saliva y una miga le cosquilleó en la garganta.

—¿Pasa algo malo? —preguntó.

Él hizo que no con la cabeza, una falsa negación, y apartó la vista.

—No, nada —dijo, pero luego pensó: «Claro que pasa».

Cerró los ojos. Había tomado la decisión de hablarlo porque no podía guardárselo ni un minuto más, pero fue incapaz de mirarla cuando por fin dijo:

—Mma Ramotswe, ¿sería capaz de dejarme?

Ella se quedó atónita.

—¿Dejarle, yo, señor J.L.B. Matekoni? —preguntó. Y acto seguido pensó, de manera completamente incoherente: «Dejarle para ir adónde: ¿a Francistown? ¿A Mochudi? ¿Al Kalahari?».

—Sí —dijo él, sin abrir los ojos—. Dejarme por otro. —Dicho esto, entreabrió apenas los ojos para espiar la reacción de Mma Ramotswe. El primer sorprendido, en todo caso, era él mismo.

—Pues claro que no —dijo ella—. Soy su esposa, señor J.L.B. Matekoni. Y una esposa nunca deja a su marido. —Hizo una pausa. Era una afirmación falsa. Algunas esposas se veían obligadas a abandonar a sus maridos, y ella misma lo había hecho al romper con Note Mokoti. Pero eso era distinto—. ¿Cómo le voy a abandonar? —continuó—. No me interesan los otros hombres. Para nada.

El señor J.L.B. Matekoni abrió los ojos del todo.

—¿Ninguno? —preguntó.

—Ninguno. Para mí sólo hay uno, y es usted, señor J.L.B. Matekoni. No hay ningún hombre que sea tan bueno, tan afable como usted. —Estiró el brazo para cogerle la mano—. Cosa que sabe todo el mundo, por cierto.

Él no fue capaz de mirarla. Se sentía profundamente avergonzado de sí mismo; pero al mismo tiempo estaba emocionado por lo que ella había dicho (a un hombre le cuesta poco pensar que no le quieren), y le constaba que era sincera. Pero ¿y la foto?

Se puso de pie, apartando suavemente la mano de Mma Ramotswe, y fue a coger la pequeña bolsa de lona que a veces se llevaba al taller. Luego sacó un sobre de dentro y buscó la fotografía.

—Hay esto —dijo—. La foto estaba en el carrete de la cámara. La cámara de la oficina.

Deslizó la copia por encima de la mesa. Ella frunció el entrecejo. Al principio puso cara de perplejidad —él estaba observando su reacción con una mezcla de ansiedad y terror—, pero luego sonrió. El señor J.L.B. Matekoni se tomó esa sonrisa como un detalle cruel por parte de ella; que encima sonriera, que se lo tomara a la ligera... Se sintió doblemente traicionado.

—Ya no me acordaba —dijo Mma Ramotswe—. Sí, esta foto la tomó Mma Makutsi poco después de que comprásemos la cámara. Fue enfrente de la tienda, esa que está al salir de las galerías comerciales. Mire, se ve un trocito de la pared al fondo.

Él miró hacia donde ella señalaba.

—¿Y ese hombre? —preguntó.

—No tengo ni idea —dijo ella.

—¿Ni siquiera sabe cómo se llama?

—No. Y ella tampoco.

—¿Ella? ¿Quién?

—Pues ella. La mujer de la foto. Esa que se parece a mí. Mma Makutsi dijo que nos parecíamos.

Son los dueños de la tienda, ¿sabe? Mientras estábamos dentro, comprando la cámara, Mma Makutsi me susurró disimuladamente: «Fíjese, Mma, esa señora es su doble». Supongo que sí, que nos parecíamos, porque cuando se lo comentamos, ellos opinaron lo mismo. Nos echamos a reír y entonces decidimos probar la cámara en el exterior. Hicimos esa fotografía y después nos olvidamos de ella.

El señor J.L.B. Matekoni volvió a coger la foto. La miró. Sí, ciertamente la mujer se parecía a Mma Ramotswe; pero si uno se fijaba bien, estaba claro que no era Mma Ramotswe. Por supuesto que no. Los ojos eran diferentes, desde luego. Estaba visto que los celos —o tal vez el miedo— lo habían cegado.

—¡Ahora lo comprendo! —dijo ella—. Oh, señor J.L.B. Matekoni, ¡estaba usted preocupado!

—Sólo un poquito —dijo él—. Pero ya no.

Mma Ramotswe volvió a mirar la foto, que él había dejado otra vez sobre la mesa.

—Es curioso, ¿verdad? —dijo—. Que podamos mirar una cosa y pensar que hemos visto algo que, en realidad, no está ahí.

—La vista nos engaña —dijo el señor J.L.B. Matekoni, a quien el alivio le llegaba a oleadas, como cuando después de las lluvias la tierra queda anegada por una crecida: algo repentino, abrumador.

Eso era lo que sentía, pero, incapaz de expresarlo con las palabras adecuadas, repitió—: «La vista nos engaña».

—Pero el corazón no —apostilló Mma Ramotswe.

Su observación fue seguida de un silencio. El señor J.L.B. Matekoni pensó, sencillamente: «En efecto». Pero Mma Ramotswe pensó: «¿De veras es así, o sólo suena bien?».

19

El hábitat de la piedad

Mma Ramotswe tenía la sensación de que un período bastante raro, y por lo demás inquietante, estaba tocando a su fin. De creer en los horóscopos de las revistas (ella jamás había comprendido por qué la gente se imaginaba que las estrellas podían tener que ver con nuestras minúsculas y remotas vidas), entonces algún cuerpo celeste debía de haberse situado en un alineamiento más favorable. Quizá era que los planetas buenos habían estado un tiempo lejos de su posición normal —es decir, sobre la vertical de Botsuana, y concretamente de Zebra Drive, en Gaborone— y ahora habían regresado. Porque todo, o casi todo, parecía estar en vías de satisfactoria solución. Mma Makutsi ya no hablaba de dejar la agencia y se la veía muy contenta con su nuevo cargo de detective adjunta (fuera eso lo que fuere); Charlie había vuelto al redil, finiquitada la Primera Agencia de Taxis para Mujeres, de la que ni siquiera Mma Makutsi hacía ya mención; el señor J.L.B. Matekoni parecía haber perdido interés por las labores detectivescas y se había tranquilizado acerca de sus ridículos temores. De hecho, todo parecía resuelto y en paz, a gusto de Mma Ramotswe. El mundo estaba lleno de incertidumbre, y si en la Primera Agencia de Mujeres Detectives y en el taller Speedy Motors de Tlokweng Road las cosas se mantenían estables para todos los implicados, entonces una parte de esa incertidumbre quedaba de puertas afuera.

El mundo, para Mma Ramotswe, se componía de cosas grandes y cosas pequeñas. Las cosas grandes parecían exigir grandes titulares, de esa forma nadie podía pasarlas por alto: guerras, opresión, la típica prepotencia de ricos y fuertes apoderándose de las cosas sencillas que los pobres necesitaban, esas migajas que podían hacer su existencia un poco más llevadera. Todas estas cosas pasaban, y podían hacer que la simple lectura de un periódico se convirtiera en una dura prueba. Había todas estas cosas desagradables, palpables, cotidianas, y a la vez fácilmente evitables; pero, pensaba Mma Ramotswe, no podías amargarte la vida con eso, porque entonces te pasarías el día llorando... sin que esas barbaridades desaparecieran. Y era aquí donde cobraban importancia las cosas pequeñas: ayudar al prójimo cuando era posible; ayudarse uno mismo a ser feliz con pequeños detalles: amor, risas, un té. Sin duda muchas personas inteligentes se burlarían de tanta ingenuidad, pero Mma Ramotswe se preguntaba: «¿Qué solución aportan ellos?».

En cualquier caso, había que ir con cuidado al pensar en estos temas. Era fácil soñar, pero la vida de cada día, con sus problemas y responsabilidades, seguía estando ahí, y en lo que concernía a Mma Ramotswe había aún un asunto pendiente. Se trataba de la investigación sobre las tres misteriosas muertes en el hospital de Mochudi. ¿O no tan misteriosas? Ella pensaba que se le había dado una explicación plausible para cada uno de los casos. Al final, todos morimos de un fallo cardíaco, sean cuales sean las circunstancias que lo precipitan. Los corazones de aquellos tres pacientes se habían parado simplemente porque ya no podían respirar, o así constaba en las historias médicas a que había tenido acceso. Y si todos sabían por qué esos tres pacientes tenían problemas respiratorios, entonces no había más que hablar. ¿Era así? Ella no sabía a qué atenerse, puesto que los médicos, al parecer, no se ponían de acuerdo. Claro que entre expertos siempre había disputas acerca de por qué una determinada cosa pasaba o dejaba de pasar. Hasta les ocurría a los mecánicos, y el señor J.L.B. Matekoni era un ejemplo de ello. A menudo meneaba la cabeza al ver lo que otro mecánico había hecho en un determinado automóvil previamente a que éste recalara en Speedy Motors. ¿Cómo era posible que alguien hubiera creído que eso era un problema de la transmisión cuando estaba clarísimo que venía de algo completamente diferente, de alguna otra de aquellas minúsculas piezas que componían las laberínticas entrañas de un motor?

Mma Ramotswe se sentía impotente ante la incertidumbre de los médicos. No era ella quien podía pronunciarse acerca de las causas, pero en caso de tener que hacerlo, como le tocaba ahora, pensaba que sólo había una salida: excluir, en lo posible, que algún factor no patológico, algo fuera de lo normal, hubiera podido tener como consecuencia esos extraños fallecimientos en la misma cama, a la misma hora y siempre en viernes. Decidió que lo único que se podía hacer —y, en realidad, lo último que pensaba hacer ella respecto a este caso— era ir al hospital un viernes a las diez de la mañana —esto es, una hora antes del momento en que se habían producido las muertes— y averiguar si ocurría algo anormal. Cabría pensar que a los

directivos del centro hospitalario, y más a Tati Monyena, se les podría haber ocurrido eso, pero Mma
Ramotswe se encontraba frecuentemente con que
las personas inmersas en un conflicto no veían lo
que para otras, que estaban al margen del mismo,
era absolutamente obvio. Muchas veces ella se fijaba en cosas que a otros se les escapaban, lo cual
la sorprendía un poco. Y pensaba: «Será por eso
que he encontrado mi vocación; estoy llamada a
ayudar a los demás porque tengo la suerte de ser
capaz de fijarme en cosas». Sabía, claro está, de
dónde le venía ese don; sus raíces se remontaban a
aquellos primeros años bajo la tutela de su prima,
que la había adiestrado para tener los ojos siempre
abiertos a las pequeñas cosas, como cuando uno
hacía algo tan simple como dar una caminata por
la sabana. Habría huellas de animales en el sendero:
el rastro que dejaba un duiker, el asustadizo ani-
malillo de diminutas pezuñas; las marcas dejadas
en la arena por el escarabajo pelotero afanándose
con su trofeo, mucho más grande que él. Y, mira,
alguien había pasado por ahí comiendo una mazor-
ca de maíz y había tirado el resto al suelo; y no
hacía mucho de eso, pues las hormigas no habían
aparecido aún. Su prima tenía ojo para esas cosas,
y el hábito de fijarse en todo había quedado grabado en la mente de Precious Ramotswe. Con sólo

diez años se sabía de memoria la matrícula de casi todos los coches de Mochudi, e incluso podía decir quién había partido hacia Gaborone un determinado día. «Tienes una vista como la mía —le dijo una vez su prima—. Eso es bueno».

Tati Monyena había respondido con entusiasmo a la sugerencia de Mma Ramotswe de visitar la sala aquel viernes.

—Cómo no —dijo—. Cómo no. Me parece una idea estupenda, Mma. Le proporcionaré una bata blanca, si encuentro alguna que sea... —No terminó la frase, pero Mma Ramotswe supo que lo que iba a decir, y se había callado, era «si encuentro alguna lo bastante grande». No le importó. A ella le parecía bien tener una determinada hechura, incluso si los fabricantes de batas para hospital no paraban mientes en las necesidades de quienes eran de complexión tradicional.

—No habrá problema —se apresuró a decir—. Sólo miraré. No voy a ser un estorbo.

—Bien. Avisaré al personal —dijo Tati Monyena—. Cuenta usted con mi plena autorización.

Y allí estaba él cuando Mma Ramotswe llegó. Debía de haber estado mirando por la ventana de su despacho, pensó ella, lo que indicaba cierto grado de ansiedad. Eso era interesante, pero carecía de verdadera importancia. Todo este asunto, para el director de un hospital, tenía que ser un engorro; el haber tenido que recurrir a un detective y que todo el mundo estuviera intranquilo. Y, por supuesto, debía de haber también un factor personal, como ocurría muchas veces. Mma Ramotswe había podido averiguar que el siguiente peldaño en la carrera de Tati Monyena sería ascender a director en jefe, cargo que ahora ocupaba una mujer. Ah, pero esta mujer también era ambiciosa y había un puesto en el ministerio de Sanidad, en Gaborone mismo, para el cual la gente la consideraba la candidata ideal. Ese cargo estaba ahora en manos de su titular de muchos años, al que sólo le faltaban dieciocho meses para jubilarse y volver a la confortable casa de ladrillo que se había hecho construir en Otse. Lo último que le interesaba a Tati Monyena era que todos estos apetecibles cambios se torcieran por culpa de un contratiempo administrativo, un pequeño escándalo. Así, era lógico que el pobre hombre estuviera mirando por la ventana para ver si llegaba la persona que aclararía todo el asunto y cuyas conclusiones serían definitivas. Nada que lamentar, escribiría ella en su informe. Fin de la pesadilla.

Salió a recibirla y la condujo a su oficina. Mma Ramotswe vio una bata blanca encima de la silla.

—¿Es para mí?

—Sí, Mma —dijo él—. Puede que... puede que le vaya un pelín ajustada. Pero con esa bata podrá moverse a sus anchas por el hospital sin que nadie la moleste. Es asombroso lo que puede hacer una simple prenda. Nadie le preguntará qué está haciendo.

Dijo esto último con una sonrisa al tiempo que le pasaba la bata. Ella procedió a ponérsela, y en eso estaba cuando reparó en que aquella frase podía encerrar una pista. Si en el hospital había un malhechor, bastaba con que usara una bata blanca para hacer lo que quisiera sin que nadie le preguntara qué estaba haciendo. Sintió como un escalofrío al pensarlo. Se requería un tipo especial de maldad para cebarse en los pacientes de un hospital, pero ella sabía que todo era posible, hasta lo más inimaginable. Por suerte, nunca había tenido que enfrentarse a ello, pero algún día tenía que haber una primera vez si eras un detective privado, cosa que ella, después de todo, afirmaba ser. «Claro que yo —se dijo a sí misma—, no soy de esa rama de la profesión; de ésa no...».

Con su bata blanca, que le apretaba en los brazos, se acordó de cuando, en el inicio de su carrera, se había hecho pasar por enfermera para desenmascarar al falso padre de Happy Bapetsi. El truco había funcionado, y el impostor —que afirmaba ser el padre de Happy— había vuelto a Lobatse, de donde había venido, con la denuncia de Mma Ramotswe resonando en sus oídos. Aquél, empero, había sido un caso bastante sencillo, y Mma Ramotswe había tenido claro en todo momento las frases que debía decir. Las actuales circunstancias eran completamente diferentes. No tenía la menor idea de qué iba a hacer o decir, no sabía qué era lo que estaba buscando. Sí, algo extraño que se había producido a la misma hora en tres viernes distintos, pero ¿qué podía ser? Días atrás, al preguntar al personal de la sala si a esa hora de la mañana, y concretamente en viernes, ocurría algo especial, la habían mirado con extrañeza. «Solemos tomar el té más o menos a esa hora», dijo una enfermera. Mma Ramotswe se agarró a esto. ¿Podía ser que nadie vigilara a los pacientes mientras las enfermeras intercambiaban chismes entre sorbo y sorbo de té? «Hacemos turnos», le habían dicho, anticipándose a su pregunta. «Siempre, siempre, y eso quiere decir siempre, hay alguien de servicio. Es la norma».

Tati Monyena la acompañó a la sala y volvió a presentarle a las enfermeras con las que se había entrevistado ya. Una de ellas sonrió al ver a Mma Ramotswe con la bata blanca. Otra la miró con cara de sorpresa, frunció el ceño y apartó la vista. De todos modos, tenían cosas que hacer y no podían hablar con ella. Uno de los pacientes respiraba muy mal, hacía un ruido como si alguien pisara gravilla. Una de las enfermeras fue hasta la cama en cuestión, le tomó el pulso y ahuecó su almohada. En la mesita contigua a la cama había un pequeño marco con una foto que sin duda le habría llevado algún pariente, un recordatorio para que esa persona gravemente enferma tuviera compañía en su viaje, junto con todos los otros recuerdos propios de la vida de cualquier ser humano.

Al principio, Mma Ramotswe se sintió como lo que era: una intrusa. Fue algo casi obsceno, como si estuviera mirando algo que no debería haber mirado, como si fuera testigo de un momento íntimo sin tener derecho a ello. Pero la sensación se diluyó mientras observaba junto a una ventana el quehacer de las enfermeras: administrar medicamentos, tomar la temperatura, anotar algo en el historial. Se le antojó una especie de oficina, con su lista de pequeñas tareas a realizar de manera metódica. Aquella enfermera, pensó, la de las gafas, sería el equivalente de Mma Makutsi. Y aquel joven que entraba con el carrito de los medicamentos y que le susurraba algo al pasar a una de las chicas, podía ser Charlie, y el carrito, con sus silenciosas y bien engrasadas ruedas, su Mercedes-Benz antes del accidente.

Al cabo de tres cuartos de hora, cuando empezaba a sentirse fatigada, Mma Ramotswe arrimó una silla al lugar en donde había estado de pie. Era cerca de una cama en la que dormitaba un hombre. Le salían tubitos de los brazos y unos cables se colaban en la manga de su camisón. El hombre, sin embargo, parecía dormir y su rostro era apacible, ajeno a todo dolor, si es que lo había tenido. Observándolo, Mma Ramotswe pensó en su padre, Obed, y en sus momentos finales tendido en una cama igual que aquélla, y cómo le había parecido que con él moría toda una manera de ser de Botsuana. No fue así: aquel magnífico país, y sus buenas gentes, no había desaparecido. Prueba de ello era el rostro de este anciano con la cabeza sobre la almohada y la luz del sol —el sol cálido y amistoso de África— entrando sesgada por la ventana y cayendo sobre él en la recta final de su vida.

Se rebulló en el asiento y consultó su reloj. Casi las once. Las enfermeras, o algunas de ellas, no tardarían en tomar un té; pero quizá hoy no, pues parecían todas muy ocupadas. Cerró un momento los ojos dejándose llevar por la modorra, sintiendo en la cara el sol que entraba por la ventana. Las once.

Se abrió la puerta de doble batiente que había al fondo, y una mujer con el uniforme verde claro del personal de limpieza y mantenimiento se inclinó para colocar una cuña en la puerta. A su espalda tenía una máquina de encerar suelos, un bicho grande y desgarbado que parecía una aspiradora gigante. La mujer miró un momento a Mma Ramotswe al empujar la máquina y luego se inclinó para ponerla en marcha. Una especie de relincho inundó la sala cuando el disco de la máquina empezó a pulir el pavimento de hormigón sellado, mientras el suministrador automático iba aplicando olorosa cera. Este hospital funcionaba bien, pensó Mma Ramotswe; y un hospital que funcionaba bien tenía que luchar contra la suciedad del suelo. Que era donde estaban los enemigos invisibles, ¿no?, esos ejércitos de gérmenes a la espera del momento propicio.

Observó con afecto a aquella mujer. Era una señora de complexión tradicional que realizaba una tarea importante, pero muy mal pagada. Casi seguro que unos cuantos niños dependían de su sueldo para poder comer, ir al colegio, tener alguna esperanza de futuro. Y he aquí a la recia mujer cumpliendo con su tarea, como otras tantas mujeres en este mismo momento a lo largo y ancho de Botsuana. La máquina de encerar continuaba rechinando, seguida por el cable eléctrico que se perdía más allá de la sala en el pasillo.

Mma Ramotswe se fijaba en cosas, ¿no? Y se fijó en la longitud del cable, lo cual la hizo preguntarse si no había en la sala tomas de corriente donde enchufar la máquina; sería más sencillo, y se evitaría que alguien pudiera tropezar en la sala o en el pasillo con ese cable tan largo. Sí, era lo más sensato.

Miró a su alrededor y vio enchufes junto a la cabecera de cada una de las camas. Y conectadas en ellos lámparas, bombas de inyección, aparatos para ayudar a respirar a los pacientes...

Se puso de pie. La mujer de la limpieza había llegado casi a su altura e intercambiaron una mirada amistosa, acompañada de una sonrisa. Mma Ramotswe se aproximó a la mujer, que alzó la cabeza, arqueó inquisitivamente una ceja y luego se agachó para apagar la máquina.

—Dumela, Mma.

Mma Ramotswe devolvió el saludo y luego le susurró al oído con tono perentorio:

—Tengo que hablar con usted. ¿Podemos salir un momento, Mma? No la entretendré mucho.

—¿Cómo? ¿Ahora? —La mujer tenía una voz blanda, casi ronca—. Pero ahora estoy trabajando, Mma.

—El señor Monyena —dijo Mma Ramotswe, señalando hacia el despacho de Tati Monyena— me ha encargado una cosa. Tengo autorización para hablar con cualquier persona incluso en horario laboral. No se preocupe.

La mujer asintió; el nombre de Tati Monyena la había tranquilizado, sin duda alguna. Dejó a un lado la máquina de encerar y salió de la sala con Mma Ramotswe. Fueron a sentarse a un banco en el exterior, a la sombra de un árbol. Una cabra se había extraviado y estaba mordisqueando hierba en el recinto del hospital; las observó un momento y luego siguió paciendo. Hacía calor otra vez.

—Se acabó el invierno —dijo la mujer de la limpieza.

—Sí, eso parece, Mma —dijo Mma Ramotswe. Y añadió—: Me he fijado que esa máquina de encerar tiene un cable muy largo. Salía hasta el pasillo. ¿No sería más fácil enchufarla en una de las tomas de corriente que hay en la sala?

La mujer cogió una ramita del suelo y empezó a retorcerla. Pero no estaba nerviosa; eso se habría notado, y no era así.

—Es lo que hacía antes —dijo—, enchufarla dentro. Pero luego me dijeron que no. Y las órdenes fueron estrictas: que no usara ninguno de los enchufes de la sala.

Mma Ramotswe sintió un vahído, como si estuviera a punto de desmayarse. Inspiró todo lo hondo que pudo y el mareo desapareció. Sí. Sí. Sí.

—¿Quién le dijo eso, Mma? —preguntó. Tuvo que hacer un esfuerzo por formular la pregunta, pese a que era muy simple.

—Pues el señor Monyena —respondió la mujer—. Me lo dijo él. Me llamó un día a su despacho y me estuvo hablando un buen rato. Dijo que... —Hizo una pausa.

—Sí, ¿qué fue lo que le dijo?

—Que no lo comentara con nadie. Lo siento, se me había olvidado. Yo le prometí que no diría nada. No debería estar hablando con usted, Mma. Pero...

—Pero yo tengo plena autorización del señor Monyena —dijo Mma Ramotswe.

—Es muy buena persona, Tati Monyena. —La mujer hizo una pausa y añadió—: ¿Sabe? Él y yo somos primos.

«Entonces usted es prima mía también», pensó Mma Ramotswe.

Regresó al despacho del director, ahora sin la bata blanca, que llevaba colgada del brazo derecho. Tati Monyena estaba dentro, la puerta entornada, y le dijo que pasara.

—Es la hora de comer —dijo, de buen humor, frotándose las manos—. ¡Ha llegado a punto, Mma Ramotswe! Podemos almorzar algo en la cantina. Dan muy buena comida, y además es barato.

—Tengo que hablar con usted, Rra —dijo ella, dejando la bata sobre la silla que había enfrente del escritorio.

—Podemos hablar mientras almorzamos, ¿no?

—¿En privado?

Él dudó un momento.

—Si usted quiere, sí. Podemos utilizar una mesa especial que hay al fondo. No nos molestará nadie.

Caminaron en silencio hacia la cantina. Tati Monyena intentó hablar de trivialidades, pero Mma Ramotswe estaba demasiado enfrascada en sus pensamientos y apenas participó. Trataba de encontrarle el sentido a algo, pero ese sentido se le resistía. «Él lo sabe —pensó—; lo sabe». Pero si Tati Monyena lo sabía, ¿para qué había recurrido a ella? «Oh, claro —pensó—, necesita una tapadera».

Se sirvieron en el mostrador de comida caliente y fueron hasta una mesa pequeña de formica roja al final de la cantina. Presintiendo que se avecinaba algo importante, Tati Monyena parecía ahora un poco nervioso. Así pudo comprobarlo Mma Ramotswe al ver que le temblaban las manos cuando dejó su bandeja encima de la mesa. «Tiembla porque intuye que yo sé algo importante —pensó—. Le está entrando pánico: puede quedarse sin ese cargo al que aspira». Esa faceta del oficio de detective

—dar a conocer la dolorosa verdad— era la que menos gustaba a Mma Ramotswe.

Mma Ramotswe bajó la vista a su plato: había un trozo de carne, puré de patata y guisantes. Era un buen almuerzo. De pronto, sin haber planeado nada, sintió el impulso de bendecir la mesa.

—¿Le importa que bendiga la mesa? —preguntó en voz queda.

—No. Me parece bien —asintió él, tratando de aparentar serenidad.

Mma Ramotswe bajó un poco la cabeza. El olor de la carne penetraba en su nariz, así como el del puré de patata, un olor terroso.

—Damos gracias por estos buenos alimentos —dijo—. Y damos gracias por el buen trabajo que se realiza en este hospital. Y si alguna cosa hay que va mal aquí, tenemos presente que siempre queda la piedad. Pues la piedad, la misericordia, está al alcance de todos nosotros, para que podamos ejercerla en nuestros hermanos y hermanas.

No sabía, en realidad, por qué había dicho todo eso, y cuando terminó y se quedó callada, Tati Monyena permaneció callado también y ella pudo oírle respirar en el otro lado de la mesa.

—Ya está —dijo, y levantó la vista.

Al mirarle a los ojos, no necesitó decirle que había aclarado el misterio.

—La he visto hablar con esa mujer de la limpieza —dijo Tati—. Desde mi despacho.

Mma Ramotswe no apartó la mirada.

—Si usted ya lo sabía, Rra, ¿por qué entonces...?

Él levantó su tenedor, lo volvió a bajar. Era como si hubiera sido derrotado y comer ya no tuviera sentido alguno.

—Fue de casualidad. Lo descubrí de casualidad —dijo—. Pregunté quién había estado presente en la sala justo antes de que falleciera el tercer paciente, y una de las enfermeras dijo que recordaba haber visto a la mujer de la limpieza salir de la sala un momento antes. Siempre iba a encerar el suelo a la misma hora, cada viernes por la mañana. Hablé con ella y le pedí que me explicara qué hacía exactamente en la sala.

Mma Ramotswe lo animó a continuar. Estaba ansiosa por conocer su descripción de los hechos, al tiempo que aliviada de comprobar que cuadraba con lo que la mujer le había contado a ella. Esto quería decir que Tati Monyena ya no estaba mintiendo.

—La mujer me lo dijo —prosiguió él—. Me contó que enchufaba la máquina cerca de la cama que hay junto a la ventana. Le pregunté que cómo lo hacía y ella respondió que simplemente desenchufaba lo que había allí conectado. Pero sólo un ratito, me dijo. Sólo un ratito.

Mma Ramotswe miró el puré. Se estaba enfriando y seguramente se habría puesto duro, pero no era momento para pensar en comida.

—O sea que desenchufaba el respirador —dijo—. El tiempo suficiente como para que al enfermo se le agotara el oxígeno. Después volvía a conectarlo, pero ya era demasiado tarde.

—En efecto —dijo Tati Monyena, meneando la cabeza—. Esa máquina no es precisamente muy moderna, sabe. Tiene una alarma, y es probable que sonara, pero con el ruido de ese cacharro de encerar suelos, nadie debió de oírla. Cuando las enfermeras fueron a comprobarlo, vieron que el respirador continuaba funcionando bien. Pero el paciente ya había fallecido.

—Entonces —dijo Mma Ramotswe—, ¿la mujer de la limpieza sabía lo que había ocurrido?

—Sabía que había habido un incidente en la sala, pero no, naturalmente, que tuviese nada que ver con ella... —Tati Monyena la miró con una expresión en la que se leía una sola cosa: «Entiéndalo, por favor».

Mma Ramotswe cogió el tenedor y pinchó la patata. Se había formado una fina película en la parte superior, una especie de capa blancuzca.

—Usted no quería que ella supiese que había matado a alguien. ¿Es eso, Rra?

La respuesta de Tati Monyena fue imperiosa, pero también reflejó el alivio de saber que ella lo entendía.

—Sí, Mma —dijo—. Sí. Esa mujer es una buena persona. Tiene hijos pequeños, pero el marido falleció. Ya se imagina usted de qué. La enfermedad duró mucho tiempo, Mma, mucho tiempo. Ella misma tiene... está en tratamiento. Es una trabajadora de lo más eficiente; pregunte usted a cualquiera en el hospital, y todo el mundo le dirá lo mismo.

—¿Ninguna relación con que sea prima de usted?

Tati Monyena no se esperaba esto y puso cara de estupefacción.

—Es verdad, somos primos —dijo—. Pero también es verdad lo que he dicho de ella. Sé cómo se sentiría si llegara a descubrir que fue responsable de esas muertes, y no quise hacerla sufrir. ¿Cómo se sentiría usted, Mma, si le dijeran algo así? Además, perdería su empleo. Y la decisión no la tomaría yo, sino las altas esferas... —Señaló hacia la ventana, en la dirección de Gaborone—. Alguien de allá diría que esa mujer fue culpable de la muerte de tres personas y que, por tanto, hay que despedirla. Por negligencia, dirían. Ah, pero a mí no me echarían la culpa, no, ni tampoco al jefe del personal médico; toda la culpa recaería en la persona más baja en el escalafón. Despedimos a la mujer de la limpieza y asunto concluido.

Mma Ramotswe tomó un bocado de puré; le supo un poco amargo, pero así era a veces la verdad. Podía analizar el problema desde muchos puntos de vista, pero lo mirara como lo mirara siempre iba a parar a las mismas preguntas. Tres personas habían muerto. Las tres, según había averiguado, eran personas ancianas y no tenían nadie a su cargo. Ya nada se podía hacer. Y, si eran como la gente mayor que ella había conocido en Mochudi, gente de la generación de Obed Ramotswe, no debían de ser personas que quisieran causar problemas a los vivos. No desearían ver despedida a aquella mujer, ni ser un motivo más de preocupación para una mujer que trabajaba de firme, con esa otra cosa pendiendo sobre su cabeza, ese incierto veredicto.

—Creo que tomó la decisión acertada —le dijo a Tati Monyena—. Ahora comamos un poquito y hablemos de otras cosas. De la familia, por ejemplo. Siempre hay alguna novedad, ¿no?

Él supo en ese momento qué había querido decir Mma Ramotswe al bendecir la mesa y quiso darle las gracias por su piedad, pero era incapaz de hablar. Manifestó su alivio con lágrimas que luego, avergonzado, se secó con un pañuelo que ella le había proporcionado sin mediar palabra. No tenía sentido decirle a alguien que dejara de llorar; Mma Ramotswe así lo creía. De hecho, a veces lo adecuado era hacer justo lo contrario, exhortar a la persona a dejarse curar por el llanto. Pero si había un lugar para verter lágrimas de alivio, quizá lo habría también para lágrimas de orgullo; para las personas que trabajaban en este hospital, que cuidaban de otros corriendo riesgo de infección, de enfermedad (un pequeño corte, una pequeña herida con una aguja hipodérmica durante el trabajo); había muchas lágrimas de orgullo que derramar por la gente que demostraba tanto coraje. Y una de estas personas era, pensaba Mma Ramotswe, el doctor Cronje.

Al día siguiente Mma Ramotswe dictó un informe dirigido a los superiores de Tati Monyena, que Mma Makutsi tomó en taquigrafía adornando cada final de frase con un floreo del lápiz, como para subrayar su satisfacción ante el desenlace. Mma Ramotswe la había puesto al corriente de lo ocurrido en el hospital, y la detective adjunta no había salido de su asombro.

—Una explicación tan simple —dijo después—, y no se le ocurrió a nadie salvo a usted, Mma Ramotswe.

—Fue por algo que vi —dijo ésta—. No tuve que hacer nada especial.

—Siempre tan modesta, Mma —dijo Mma Makutsi—. Usted nunca se atribuye el mérito, nunca.

Mma Ramotswe sentía cierto engorro ante estos elogios, así que sugirió continuar con el informe, cuya conlusión apuntaba a no tomar ningún tipo de medida respecto a un incidente del que no había que culpar a nadie.

—Pero ¿usted lo cree así? —preguntó Mma Makutsi.

—Sí, así lo creo —dijo Mma Ramotswe, y añadió—: No se le puede cargar el mochuelo a esa mujer. Es más, yo diría que, en todo caso, lo que se merece son alabanzas, por el empeño que pone en su trabajo.

Miró a Mma Makutsi de una manera nada habitual en ella, pero que daba inequívocamente por zanjada una cuestión.

—Bueno —dijo Mma Makutsi—, supongo que tiene razón.

—No lo dude.

Una vez terminado el informe, Mma Makutsi lo pasó a máquina... sin un solo error, como podía esperarse de una ex alumna aventajadísima de la Escuela de Secretariado Botsuana. Y luego fue momento para un té, como era habitual.

—¿Le comentó a esa mujer, a Teenie, lo de la llave del material? —preguntó Mma Ramotswe—.

Siento curiosidad por saber si funcionó, y si el consejo que me dio Mma Potokwani era acertado.

Mma Makutsi se echó a reír.

—¡Uy!, se me había olvidado explicárselo. Teenie telefoneó para decirme que había hecho lo que le sugerí: nombrar a aquel hombre encargado del material de la imprenta. Al día siguiente había desaparecido todo. Absolutamente todo. Incluido él.

Mma Ramotswe miró dentro de su taza. Quería reír, pero se contuvo de hacerlo. El final de esta historia era un triunfo y un fracaso a la vez. Un triunfo en cuanto que determinaba más allá de toda duda quién era el ladrón; un fracaso por cuanto ponía en evidencia que la confianza no siempre funciona. Tal vez había que aderezar la confianza con una pizca de sentido común y una buena dosis de realismo acerca de la naturaleza humana. Pero eso requería una reflexión a fondo y la pausa para el té no duraba todo el día.

—Vaya —dijo—. Todo aclarado así. Pero que conste que el consejo de Mma Potokwani parecía bueno.

Mma Makutsi se mostró de acuerdo, y luego hablaron de diversos asuntos de la oficina hasta que entró el señor J.L.B. Matekoni a buscar su té. Estaba limpiándose las manos en un trapo y sonreía. Después de muchos esfuerzos, había conseguido resolver el problema de una recalcitrante caja de cambios. Mma Ramotswe contempló el cuadrado de terreno que se veía por la ventana, la acacia que parecía señalar hacia el cielo desierto. Era un pedacito de ese país que ella tanto amaba, Botsuana, su país.

Sonrió al señor J.L.B. Matekoni; era un hombre tan bueno, tan afable, y además era su marido.

—Ese motor que he estado arreglando va a marchar de maravilla —comentó él mientras se servía el té.

—Como la vida —dijo Mma Ramotswe.

Las lágrimas
de la jirafa

Alexander McCall Smith

Hace diez años que la señora Curtin busca a su hijo, desaparecido sin dejar rastro en el desierto de Kalahari cuando trabajaba en una comuna. En la embajada americana le recomiendan a una excepcional y extravagante detective privada: Precious Ramotswe. La misma detective perdió un hijo, por lo que está dispuesta a implicarse a fondo para resolver el misterio. Precious se adentra en el desierto, y a través de ella descubrimos un insólito paisaje y la vida de unas gentes que no han sido tocadas por el materialismo occidental. La cara oculta, y tal vez verdadera, de África.

«La lectura de esta serie de libros es un placer infinito.»
The New York Times

La 1ª Agencia de
Mujeres Detectives

Alexander McCall Smith

Maridos que se fugan, hijas peligrosamente volubles, coqueteos sospechosos, estafadores con un encanto singular... Tales son los asuntos que tiene que resolver Precious Ramotswe, la mejor y más conocida detective privada de Botswana. Su propósito no es sólo ser una buena profesional y labrarse un nombre, sino, y sobre todo, hacer felices a sus clientes. Y hasta ahora lo ha conseguido. Un día, se topa con el extraño caso de un niño desaparecido. La investigación va a resultar especialmente difícil, pues alguien está tratando de ponerle una trampa.

«Inteligente y fresca... Logra divertir, sorprender, conmover y, en ocasiones, todo a la vez.» *Los Angeles Times*

Todos tus libros en

www.puntodelectura.com